中公文庫

静謐

北杜夫自選短篇集

北 杜夫

中央公論新社

目次

静謐　北杜夫自選短篇集

岩尾根にて

その岩場は、遠くから私の目を惹いた。鼠《ねずみ》色の岩の肌はところどころ青みがかり、そこに、横から切れこむように幅狭いチムニーが走っていた。

登山路から大分離れて、殊《こと》さら岩質を調べにきたりするのは、若い時分に養われた習性に近いものがある。それに私はここ数年、岩らしい岩に接していなかった。つづけて二人の、同じザイルに繋った仲間を失って以来、強いて山から遠ざかっていたのである。

山の側面に広がった岩場の、突起や亀裂や庇岩《ひさしいわ》を久方ぶりに目で追いながら、石の破片が散乱しているチムニーの根元にたどりついた頃には、すでに巨大な岩塊の妖しい魅力が私を捉えていたらしい。薄暗いチムニーの内壁の岩は湿っていて、だが初めの予想より足場や手懸《てがか》りに不足はなさそうだ。見上げると、絶壁に刻みつけられた巨大な溝は、次第に狭まりながら中途で折曲って消えている。遠望したときの目算では、チムニーを抜けきる前にトラバースする所が一ヵ所。そこから草地と岩との半々の場所があり、更におしかぶさるように直立した岩壁に続いている。たとえハーケンが使えるとしても、果してあそこは登攀《とうはん》可能か？　勿論《もちろん》それも、ザイル技術をわきまえた仲間がいての話だ。いま私は一人だし、なんの用意もない。

雪のくる前、山はふしぎに明るくなるものだ。澄みきった秋空の下で、重なりあった岩々は乾燥し、ひときわ陰影と重量感を増してくる。しかし、その日は雲が低くたれていた。見上げる岩峰は灰色の空に半ば頭をさしいれ、湿っぽさに軀《み》をひきしめているように見えた。しばらく佇《たたず》んでいる間にも、灰一色の曇天と、荒涼とした岩の冷気が肌にふれ、身体《からだ》の熱をしずかに奪ってゆく。

やがて私は岩壁の下から離れ、崩れおちた岩の細片の上を、元きた方へ辿《たど》りはじめた。見下ろす谿間《たにま》は、岩の色も冷く、這松《はいまつ》の色にも生気がなかった。鳥の啼声《なきごえ》も起らず、なに一つ動かない。と、私の目の前を、小さな黒いものがふわっと横ぎり、足元の石にとまった。一匹の黒蠅《くろばえ》であった。

中部地方の三千メートル級の高山にも蠅は多い。平地にいるクロバエと別に変った種類ではないが、もっと大きく、もっと不潔に見える。お花畠にも必ず見うけられるし、峨々《がが》とした山巓《さんてん》に休んでいてもすぐにやってくる。彼等は我々の後をどこまでも追ってくる下界の使者なのかも知れぬ。

その蠅は、石の上を一センチほどのろのろといざり、一寸《ちょっと》肢をこすりあわせ、けだるそうに飛び立った。不快な羽音が私の耳に聞え、それから、世界はふたたび静まりかえった。あとには、沈んだ色合の岩の群と、雪におおわれる直前の黒ずんだ這松のつらなりがあるばかりである。

私はまた数歩すすんだ。重い登山靴がもろい岩をふみつけ、幾つかの小石が崩れおちた。すると、すぐ下方から二つ三つの蠅が舞いたった。ふわりと飛びたって、しばらく宙を漂い、そして姿を消した。なにかものうげな飛び方、寒気にちぢこまったような動作である。私は別に気にもとめなかった。這松の海を避け、右手に立ちはだかった岩を迂回《うかい》して、さきほどまで辿っていた登山路に引返す積りだった。どんなに背が低そうに見えても、山腹の這松の中に踏みこむことは禁物だからだ。

また蠅がいた。何匹も這松の葉や足許《あしもと》の石にしがみついている。私が進むと、彼等はだるそうに飛びあがり、すぐに舞いおりた。その数が一歩すすむごとに増える。私は、冷くひきしまった空気の中に、一種の匂いがまじっているのに気がついた。木の実の醱酵《はっこう》するのに似た匂いである。ふいに、四五メートル先の這松の茂みから、想像を絶した数限りない蠅の群がわきたった。黒い生臭い雲が、いきなり地表から立ちのぼったかに思われ、底ごもりした唸りと共に、その雲は上下にゆれ、左右にひろがり、やがて一匹一匹の蠅の姿が見わけられ、大部分は元の場所に舞いおりたが、幾匹かは私の衣服にもとまった。ゆすったくらいでは飛びたたない。さきほどの匂いが、だしぬけに強く鼻をついた。強まってみると、嫌な臭気である。と思ううちにそれは消え、もう私の嗅覚には何も伝わってこなかった。

私は横の方に動いた。また蠅の雲がわきたち、四方に揺れ、元の場所に集って消えた。重苦しい羽音は、すっかり彼等が見えなくなった後までつづいた。

私は腰をかがめ、蠅の舞いおりたあたり、這松の幹が重なっている中に変った色合のものを見つけだした。胡麻粒《ごまつぶ》のように蠅がたかっている白っぽい布地、それから裏底をこちらに向けた靴、——人間の足にちがいなかった。あとの部分がどうなっているかはわからない。私は反射的に二三歩とびさがり、足許の石がくずれ、むこうでは蠅の群がとびたった。なお私は何歩か後ずさりし、小さな、生臭い、羽のある黒い生物が空中から消えるのを待った。

やがて静寂が、見渡すかぎりの岩と這松の世界を支配した。私の鼓動だけが、頑丈な靴をはいた足に伝わり、踏みしめている岩に伝わった。

私はそろそろと反対の方に歩きだした。ずっと下方の谿間、灌木林《かんぼくりん》のあたりに鳥影らしいものが浮んですぐに見えなくなった。それきりである。なんの物音もしない。

私は石を一つ拾い、さっきの場所を目がけて投げた。黒い雲がたしかに湧き立つのが見えた。彼等の羽音はここまでは伝わってこない。が、その不快な感じだけは、はっきりと私の耳を打った。私は二つ三つの小石を拾い、今度は別の方角にむかって出鱈《でたら》目《め》に投げた。反応はない。一つだけが岩にあたり、確実な響きを残して宙にはねかえり、斜面を蔽《おお》った這松の海に音もなく呑みこまれていった。

私は背のルックザックをゆりあげ、その重さを確めた。身体のむきを変え、足場を探りながら歩きはじめた。

元の登山路にたどりついてからも、なにか漠然とした知覚が私を取りまいているにすぎなかった。厖大《ぼうだい》な岩山の立体感が、ちっぽけな感情の動きなどは呑みこんでしまうのかも知れぬ。私は足元に目を落とし、せかせかと歩いた。十五分ほども歩いてから、道端にザックをおろし、そのわきに腰を下ろした。極めて生理的な空腹を覚え、ベーコンの塊りを取りだし、ナイフで切りとった薄い脂身を口にほうりこんだ。最後に残った脂肪の繊維が胸をむかつかせたので、指でつまんで捨て、アルミニウムの蓋《ふた》につ いだウイスキーを飲みくだした。私は二三日の山旅ならベーコンとウイスキーだけで過す習慣である。機械的にもう一切ベーコンを切りとったが、口にする気になれず、白い脂身を見るのも嫌で、紙にくるんでルックザックに蔵《しま》いこんだ。その代り私は何杯か立続けにウイスキーを飲んだ。疲労と稀薄な空気のため、酔が急速に体内に沁みとおってゆくのを感じた。

すでに屍体のころがっていた這松の辺りは見えず、チムニーの上部は角度を変えてずっと凡庸に見えるにすぎない。だが、その上方に続く岩場は、以前よりも露わに、真向から垂直に切りたっている。ここからは見えぬが、その背後が山頂の筈《はず》であった。登山路は大きく迂回しながら、絶壁を避けて這松の間をうねうねと続いているのである。

舌先に快い刺戟を覚えながら、私は呆けたようにウイスキーを嘗《な》めた。ときどき腕時計に耳をつけ、かすかな響きが着実に時を刻んでいるのに聞きいった。

私の意識は極度に狭まっていたから、そのときあの垂直の岩場にとりついている人影を発見できたのは、全くの偶然といってよい。もとより最初は、一匹の虫が石の塀に貼りついているくらいにしか思われなかった。しかし石の塀が風化に荒だった岩壁であり、虫けらが確かに人間だと知れたとき、もし酔が奇妙に心を冷静にしていなかったとしたら、私は声をあげていたかもわからない。

私はルックザックから常々鳥を観察するための双眼鏡を取りだし、焦点を合せた。丸い視野の中に、ぎざぎざの、凄味のある岩肌が現われ、そこに、股をやや広めに、べったりと吸いついている男がいた。ザイルにつながれている様子もなく、背にはかなり大型のザックを背おったままだ。気狂いわざだ、と私は思った。髪の乱れた頭だけが右左に動いているのがわかる。時が過ぎてゆき、私は双眼鏡を持ちなおし、視野の中の小さな頭がゆらいでいるのを注視した。男は塀に吸いつくヤモリそっくりに微動だもしない。やがて、じりじりと左足が持ちあげられ、はだしの爪先《つまさき》が足場を探っているのがわかった。左足の動きが終ると、右手が左手のホールドへ行き、左手が限りなくのろのろと肩幅ほど左方に移り、男の身体は奇術のように半メートルほど上方にのしあがった。それから長い休止。

私には相手の鼓動までが聞きとれるようで、覗《のぞ》いているのが苦痛だった。四メートルほど上がテラスになっているのがわかるが、岩全体がオーバーハングしているように見え、やめろ、やめろと、私は心の中で呟《つぶや》いていた。しかし、ふたたび男は動きはじめた。気味わるいほどじりじりと移動してゆく。私は目を離していた。何分かたち、見ると、テラスまであと一メートルの場所に人影がいた。どうしてそれだけ早く動けたのか私にはわからない。そこで止ってしまった。足も胴体も頭も左右にひろげられた腕も全く動かない。いや、右手だけが上方を探っている。そろそろと岩を這い、手がかりを求め、ついに求められず、そろそろとそれが引っこめられ、元のホールドに返った。ながい静止のあと、もう一度同じ試みがなされ、同じように彼はやめた。今度は男は別のことをやった。膝が曲げられ、身体がちぢこまり、それから真直《まっすぐ》に上方に伸ばされた。と、ねじくれた身体がふわりと浮き、岩から離れるように見えた。私は目をそむけた。嘗《かつ》て私はこの耳で仲間の肉体が岩と共に落下してひしゃげる音を聞いたことがあるのだ。——一秒たち、二秒がたった。私はなお数十秒を、数分を待った。首をあげて絶壁を見ると、人影はまだそこにくっついていた。双眼鏡で覗くと、身体をテラスに引上げるところで、上半身は見えず、無声映画のようにズボンからでた跣足《はだし》の二本の足がゆらいでいた。

男はテラスの上に立上ったが、その動作は少なからず異様だった。私は彼がへばりきっているのかとも思った。しかし彼は、二三歩ふらふらと右に動き、左に動き、休むでもなく、上の岩を調べるでもなく、ぼんやりと佇み、それからいきなり岩にとりついた。テラスから絶壁の頂きまでは傾斜もゆるそうで、突出の多い岩からできていたが、それにしても彼の登り方は尋常ではなかった。岩を攀《よじ》るには一定のリズムがあるものだが、彼のリズムは人間のそれよりももっと動物的な、生と死とがずっと単純化している下等動物のそれを思わせるところがあった。いつか私は自分の目が信じられなくなり、双眼鏡を離して肉眼で見た。その方が気が楽で、石塀をよじてゆくダニかなにかを見ているのと大差がなかった。ぽつんとした影が絶壁の上に消えてしまうと、私は足許にころがっているアルミニウムの蓋を取りあげ、ハンカチで付着した砂粒を丁寧にぬぐいさり、ウイスキーをそそいだ。高山では酔い易《やす》い。不断の私なら決してそんな真似はしなかったろう。

二時間ばかりのち、私は岩ばかり重なりあった山頂にいた。向こう側に口をあけた鞍間から吹きあげてくる冷い風が、急速に私の肌から汗と熱を奪い、セーターをだして着こんでも寒いくらいだ。私は岩かげに坐り、残っていたウイスキーの最後の一杯を飲んだ。

雲の低い割に視界がひらけていた。岩の尾根はうねりながら低まり、盛りあがり、鋸歯《きょし》に似た凹凸《おうとつ》を見せながら他の尾根へと続いている。峰々はそれぞれ胸郭をさらけだして立ちはだかる巨人だったし、なだれている岩の破片は絶間ない風化に痛めつけられた露わな皮膚だった。風が凄《すさま》じい音を立て、私の坐っている岩峰をゆすぶるような勢いですぎる。

ようやく私はザックを背おい、かたわらのケルンの上に手頃な平たい石を一つ載せてから歩きだした。尾根はいくつかに別れ、しばしば私はケルンを探すために立止り、そのたびに耳たぶをかすめてゆくむせぶような風音を聞いた。片側の鞍間では、灌木の枝や這松の海がうねるのが見える。だがもう一方の鞍間は、さきほど私が登ってきたときと同様、しずまりかえっていた。風はこの岩尾根を境にして、灰一色の空に吸いこまれてしまうもののようだ。足許からの風をうけながら、私は蹌踉《そうろう》と歩いた。不思議な気持で、覚めきらぬ夢の中とか、或いは麻薬でも用いたときに、こんな状態を味うのかも知れない。なるほど私は両側の鞍間を一目で見渡すことのできる剣の刃わたりのような尾根道を辿っているのだったが、同時に這松の中に横たわって蠅にたかられてもいたし、一枚岩にとりついて手懸りを探してもいた。それはいくらかは違った状態だったし、それどころか大変かけ離れた存在だったかも知れないが、その差異がゆらぎ、霧のように溶け、重なりあい、一つの私になった。それは漠然とした私で、夢遊病のように歩き、或るときは揺れる岩で、這松で、灰色の雲で、やはり私で、びっしりと蠅にたかられて動かず、宙にぶらさがりながらオーバーハングした岩がどうしても越えられず、風の音がきこえ、やっぱりふらふら歩いていた。

と、彼方に、思いがけず人影が見えた。径《みち》は砂交りに降《くだ》りになり、円い頂きをもつ小峰を横まきにして、ビヴァークができるくらいの一寸した平らに続いている。そこに、一人の男が岩に腰をかけていた。うつむき加減に、遠目にも虚脱したような様子である。なんだか私という人間が分化して、そこに坐っているかのようだった。近づくと、三十歳ちかくの、つまり私と同じ年配の男で、ヤッケを着こみ、足許にはピッケルをさしたキスリングと、火のついているコッフェルがあった。彼はのろのろと頭をもたげて私を見た。海底に棲む下等動物が外界の事象に徐々に反応するような緩慢さであった。

「こんにちは」と男が言った。果して彼が唇を動かしたかどうか私にはわからない。が、とにかく私はそういう言葉を聞いたのである。

「こんにちは」と私も言った。

私は山で挨拶をされるのも、まして言葉を交すのも好まない。だがそのとき私は、あやつられたように、腰を下ろしている男の前に立ち、沸騰しているコッフェルを見た。

「一杯どうです」と、緩慢な口調で男が言った。痩せた、血色のない顔で、どこを見ているのかわからぬどんよりした目つきである。

私はうなずき、傍らの岩に腰をかけ、熱いコーヒーをアルマイトのコップに注《つ》いで貰《もら》った。彼は汚れた軍隊手袋を丸めてコッフェルをもち、少しつぎかけてそのまま手を休め、なにか傍の方を注視して十秒ほども考えこんでいたが、やがて我に帰った様子でコップになみなみとついでくれた。その、妙にぎくしゃくした手つきを眺めていると、なぜか夢でも見ているような、果してこれが現実の事柄であるのかどうか疑われるような気分が襲ってくるのだった。だが、黒い液体からはこの世ならぬ香しい湯気がたち、合金の容器はハンカチを通しても持ちかえねばいられぬほど熱かった。

「ありがとう」と私は言った。

相手にはその声が聞えたかどうかわからない。自分のコップから一口すすったきり、無表情になにか考えこんでいるようだ。

「おいしいですね」だしぬけに、男が言った。

「ええ」と、私は曖昧にこたえた。言いながらも、案外このコーヒーを作ったのは私ではないかという錯覚がこみあげてもきた。

男はヤッケの首元の紐をゆるめ、黙念と傍らを見つめている。厚ぼったい幅広のズボンをはいていて、膝の部分がかなり痛んでいる。足には古びてはいるが、がっしりした登山靴をはき、裏に打ってあるトリコニーの側鋲《そくびょう》が少し見えた。私は彼のキスリング型のザックにも視線をやった。男の様子が腑《ふ》におちないのと、そこにいるのが実在の他人であることが、どうしても実感されてこないからだった。

「今ね」と男が、ほとんど相手を意識していないような調子で言った。「貴方が降りてくるのをずっと見てたんですよ。貴方はまるでKさんみたいな歩き方をしますね」

私は彼の視線をたどり、つい今しがた私の降ってきたガレ場に目をやった。すると、私はずっと以前からここに腰をおろし、むこうから彼がやってくるのを眺めていたような気もした。

しかし私はすぐ我にかえって苦笑してみせた。「冗談を！」Kというのは、私が山に入浸っていたころ墜死した、有名な単独行の名手だったからだ。「すこし酔っていたのですよ」と、私は半ば自分にむかって言った。

「酔って？」と、相手は独り言みたいに呟いた。「僕も……なんだかぼんやりしているな。どうしたわけだろう、これは」

それらはあまりにも抑揚なく言われたので、私はもう一度、彼の生気のない顔貌《がんぼう》、どんよりした目つき、なにかぎごちない身体のこなしに目をやった。が、私自身正常な状態ではなくて、頭の中にはびこってくる雲のようなものをふり落そうと私は首を動かした。

　しばらく二人はおし黙り、残りのコーヒーをすすった。

風が、どこかで、ずっと頭の上はるかな場所で鳴っている。だが、ここには全く吹いてこず、心の内部まで無風状態で、かすかな睡気《ねむけ》すら私は感じた。

「あなたは岩をやりますか？」

長い沈黙のあと、どちらかが言った。これから記す会話は、きれぎれにしか覚えていないし、どちらがどうしゃべったのか、実際のところ私にはわからなかった。しかしとにかく、次のような言葉を私達は口にしたのである。

「岩ですか？　もうやりたくないですね。こわいですから」

「墜ちるかも知れないっていうことですか？」

「ええ、はじめ岩にとりつくときにはね。しかし段々登ってゆくと……」

「なんていうのか、自分のリズムが感じられてきますね」

「そうなんです。すると僕は無性に不安になってくるんです。墜ちるかも知れないなんていう恐怖とは全く別な……」

「わかりますよ。僕らの中に埋っていたものが、ひょいと飛びだしてきたような……」

「なんでしょうね、あれは？」

「さあ、なんでしょうか」

「一種漠然とした不安なんでしょうね」

「そうとしか言えませんね」

「訳がわからぬから、僕には怕《こわ》いんです。そのくせ、そいつを感じているとき、自分という実体が一番はっきりしているような気がするんです」

「僕もそんな気がしました。僕らの一番奥には、そいつがいつも腰をすえているのでしょうね」

「岩をやってると、まるでそいつを追っかけているような……」

「追っかけずにはいられないのでしょう、僕らは」

「こういう経験をおもちですか？」と、もう一方が言った。「夜に、高い岩尾根の上に坐っていると、なにか声が聞えてくるでしょう？　自分の声みたいなんです。自我が分裂するとでも言いますか、それが幻聴みたいに聞えてくるんです」

「あれは風の音ですよ。それと自己暗示みたいなものでしょう」

「いやなものですね」

「スイスのどこかの山ではいつも聞えるということを本で読んだことがあります。調べたら風の音だったそうです」

「風の音にしても、いやなものですね」

私たちは、遠くの方を吹きすぎてゆく風音に耳をすました。

風を遮《さえぎ》って私たちの背後にはゆるがぬ岩の殿堂が聳《そび》え、そのふところで、私たちは催眠術にかかったような会話を交していた。

「だがねえ」と、又どちらかが言った。「僕には人間の方が怕いですよ。岩なら、たとえばどんな逆層の石英斑岩《はんがん》だって、落ちる岩なら落ちるし、落ちない岩は落ちませんよ。どんな脆《もろ》そうな岩でも、こちらの扱い一つでけっこう安定しているものです」

「人間は不安定だというのですか」

「こんなことがありました」と、一方が言った。「季節外れにね、偶然行きあった人と一緒に無人小屋に泊ったことがあるのです。夜中になにかの気配で目を覚ましてみると、真暗な小屋の中を火影《ほかげ》がゆらゆらしているのです。その男が蠟燭《ろうそく》を手にもって、ごそごそ動きまわっているのですよ。どうしました？　と声をかけますとね、蜘蛛《くも》がいた、って言うんです」

「蜘蛛が？」

「ええ、一尺くらいある大蜘蛛がいたのだが、急に見えなくなったから探しているんだというのです」

「どうもいやですね」

「それも寝呆けているのでもなくて、実にはっきりした平静な声なんでね」

「錯覚ですか」

「それは何とでも言えるでしょう。今こうして話してみれば笑い事になってしまいますが、その時は背筋がぞくっとしましたよ。狂気なら——僕はそういう知識はないのですが、きっと狂気には狂気の法則があると思うんです。しかしその人は正気だったから、僕には怖ろしく思えたのです。つまりですね、僕たちが正気と称しているものの中にも……」

「そう。そういう意味でしたら、確かに僕らの中には不安定なものが一杯隠されているのでしょうね」

雲が降りてきて、吸いこむ空気が湿っぽく、ひやっこい。岩と這松の世界は底ぶかく沈まりかえっていて、私は我知らず身体をゆすっていた。

冷い空気が、次第に私を目覚めさしてゆくらしかった。

「なにを考えているのです?」——しばらく沈黙があり、むこうが言いだした。私はそのときはっきりと彼が痴呆のように無表情にそんな言葉を口にしたのを覚えている。

「屍体のことを……」私は、自分の声を意識しながら言った。「さっきね、墜屍体があったのですよ」

「屍体?」

「蠅が……」私は言いかけて、前に坐っている相手を見た。彼のヤッケの首元から覗いているセーターを見、膝の破れたズボンの色を見た。「蠅が……」

「蠅がたかっていましたか?　それなら僕は知っていますよ。そうだ、蠅がたかっていましたね?」

「貴方も見たのですか」私はもう一度、相手の全身を注視した。

「頭が割れていましたね。脳味噌がでてるんです」相変らず無表情に、抑揚のない口調で男が言った。「そうだ。身元を調べようと思ったのです。だけど蠅で一杯でしょう?　こっちにもびっしりたかってきて、そうだったなあ、とてもいじる気になれなかった」

「貴方だったのですか」と私は言った。さして驚きはなく、かえってもやもやした頭の中がすっきりした感じだった。

「なにがです?」

「貴方があそこの岩場をやっているのを、僕は見ていたのですよ」

「岩場?」

「屍体があったすぐ上の……」

相手の状態が変化してゆくのを私は見守った。どんよりした目の光が少しずつ生気を得、失神していた者が意識をとり戻してゆく過程に似ていた。見ていてそれは、あまり気味のいいものではなかった。

もう私は酔がさめていて、彼と私とはすっかり別人だったし、今の今まで見知らぬ男と奇態な会話を交していたことを、我ながら怪しんでもいた。殊に相手は私などのような山の素人《しろうと》ではなく、さきほど私は彼の人間離れのしたテクニックを見たばかりだった。

「わかりました」と、彼は低い声で言った。言葉つきも変っていたし、一ヵ所を凝視するような目つきは消えていた。「貴方は見ていらしたのですね」

「怕かったですよ、眺めていても」と私はこたえた。「ザックをつけたままだし、気狂いじゃないかと思いました。いつもあんな真似をするのですか」

彼は笑ったようだった。神経質なわらいで、そのままこわばって、顔全体がかたく歪んだように見えた。

「信じられないかも知れませんが、僕は自分じゃ知らないんです。つまり、僕が登ったのではなく、病気がさせるのですよ」

「病気?」

「朦朧《もうろう》状態とかいうんです。その間のことは自分でも知らないのです。初めに発作を起したときは、勝手な行動をするというので、大学の山岳部を除名になりました」

「それは夢遊病みたいなものですか？」

「さあ、僕は知りません。医者もよくわからないと言っていました。もうずっと起らなかったのですが、屍体を見たのがショックになったのかも知れません」

「でも貴方は、靴をぬいで跣足《はだし》で登っていましたよ」

「そうですか。無意識にそういうことはするらしいのですね。以前に、やはり自分では知らないうちに、捨縄を使って岩を降りたことがあるのです」

「それじゃ、もし意識があったら、あんな岩場はやりませんか？」

「もちろん」と彼は言った。「やったとしても、きっと墜ちてるでしょう」

私は彼の瞼《まぶた》が痙攣《けいれん》するのを、指先がこまかくふるえるのを見た。

雲が下の方からやってきて、私たちを包み、生きもののように岩肌を這いのぼってゆく。私は腕時計を見た。もう歩きださねばならぬ時間だった。最後に私は気になっていたことを訊いた。

「貴方は、さっき僕たちがしゃべったことを覚えていますか」

彼は首をふった。

「なにか話をしていたことは知っています。でも本当のところ、僕は貴方とどこで会って、どうして一緒にいるのかわからないのですよ。たしか貴方の名前はまだ訊いていませんでしたね？」

「よくあることです」と、私はわざと快活に言った。「僕なんかは下界ではしょっちゅうそうですよ。酔っぱらいますからね」

それ以上なにも話す気になれず、私たちは黙々とザックの紐をしばりあげた。彼はヤッケをぬぎ、さきほど岩を登っていたときのセーター一枚になっていた。

尾根にでると、風が鋭い叫びをあげ、私たちの髪をちらした。私たちは背をかがめるようにして細い尾根道を辿《たど》った。

「いやな天気ですね」

ふりむいて、彼が言った。私はうなずいた。

「これから好《よ》い天気が幾日かあって、その次はきっと雪でしょう」

「僕らが見つけなかったら、あの屍体も来年まで雪に埋まっていたわけですね。もっともその方が……」

風が彼の低い言葉を消し、そのため私は近づいて顔をよせねばならなかった。

「僕はねえ、怕いんですよ」と、彼は囁《ささや》くように言った。「僕はいつかは必ず墜ちますよ。これ以上山にきているうちには、きっと……」

「ゆっくり行きましょうよ」私は、相手の言葉と関係のないことを言った。

「僕はいやですね」彼は、私の顔をまっすぐに見、激しく囁くように言った。「あんな屍体になるのはね。そして、まっくろに蠅にたかられるなんてことはね」

私は、目の前にいる男から視線をそらした。風が耳許《みみもと》でむせぶような声をあげ、岩の尾根はうねりながら鉛色にどこまでもつらなっている。

「ゆっくり行きましょう」

と、私は意味もなくもう一度くりかえした。

しかし、風がたちまち私の乾いた唇から言葉を吹きちぎり、私たちの向かいあっている、峨々とした、巨大な世界へとひきさらって行った。

羽蟻のいる丘

黒土の匂いと草の芽の匂いと、それらとごっちゃになった陽光の匂いがした。その匂いを嗅ぐみたいな恰好で、蟻《あり》たちは細い触角をうごかした。目立って大きな羽の生えた蟻、いくぶん小さ目の羽のある蟻、それから羽のない無数の蟻たちも。

女の子は、丘の斜面に顔をつけるようにして、両手を芝と土の上についたまま、おびただしい蟻の群を眺めていた。こんなに沢山の蟻、群がってひしめいている蟻、しかも羽のある蟻なぞを、これまでに見たことがなかった。彼女はやっと三度目の誕生日を過ぎたばかりだった。だが、蟻という名前だけは知っていて、さっきから口に出して繰返していた。「アリ、アリ、アリ、アリ」

あたりは静かで、ただこの丘のむこうにある遊園地の方角から、かすかに子供たちの騒ぐ声が伝わってきた。それはけだるい大気の中に消えいりそうになりながらふしぎに明瞭に感じとれるもの音、草ずれとはまた別のざわめきであった。どうして自分はあそこへ行けないのだろう。女の子はもう長いことほっておかれていて、触角をふっている蟻をかぞえるのにもあきあきしていた。「アリ、アリ、アリ、アリ」

すると、その息がかかったのか、一番大きな羽のある蟻が彼女のほうに頭をむけた。その冷いこわばった、無表情な蟻の顔が、いくらか彼女を不安にした。女の子はすこし頭をずらし、助けを求めるように、単調な幼児の声で母親に呼びかけた。

「ママ、アリってこわいの？」

返事がないので、髪につけたピンク色の大きなリボンを片手でおさえながら、うしろの方に首をねじむけた。数米《すうメートル》はなれた場所に母親が腰をおろしている筈《はず》だったし、また実際そこにいた。が、女の子は上半身を起し、もう一度その姿を見なおした。顔は知ってはいるが口をきいたことのないよその女の人、なんだか母親はそんな風に見えた。なじみのない、こわばった表情をし、じっと一箇所を見つめていた。すぐ横に同じように足を投げだしている男も、似たような顔つきをしていた。女の子はその男が嫌いだった。色の黒いのも、額の広いのも、髪がもじゃもじゃとたれているところも気に入らなかったが、なによりも自分に優しくしてくれないのが不服だった。実際、こんな男に女の子はそれまで会ったことがなかった。甘やかされて育った彼女は、この世の大人たちは自分を笑顔でむかえてくれ、大仰に頭を撫でてくれるものと信じこんでいた。ところが、その男ときたらさきほど初めて出会ったときも、広い額に皺《しわ》をよせて言葉ひとつかけてくれなかった。彼女にはそれが不可解だった。それにしても母親まで――なるほどママはそこに坐っていた。だが、ふしぎなほど小さく見え、まるで顔しか知らぬどこかの女の人のように思えた。

女の子は呼んだ。大人の注意をひくための、殊さら何も知らなげな声で。「ママ、アリって怖い？」

「こわくはないことよ」と女はこたえ、それから慌てて笑顔をうかべた。

「沢山、沢山いるの」

「蟻さんは、お引越をしてるんでしょう」

「おしっこし？」と女の子はまわらぬ舌で云《い》った。彼女にはその意味がわからなかった。で、再び、丘の斜面を這ってゆく蟻の群に顔をつけるようにして繰返した。「おいっこし。おいっこし」

「あの子、かわいい？」と女は、子供から目を離し、その視線を下の芝地にすえて云った。

「うん」と男はうなずいた。本当のところ、彼はまだその女の子の顔さえよく見てはいなかった。が、彼はもう一度云い足した。「うん」

「可愛《かわい》いでしょう？」ふたたび女は云った。半ば反射的で半ば自分に強いるかのようだった。自己の所有物に対するこうしたあけすけな讃辞を聞いて、男は一寸あきれたように女を見やった。しかし、苦渋とも歓びともつかない色が、その細められた目元に皺をよせているのを見て、すぐ目をそらした。彼には、女というものがうらやましかった。

「あたしね」と女が云った。「あなたにあの子をお見せしたくなかったの。でも、やっぱりお目にかけてよかったと思うわ」

「そりゃそうさ」と男が云った。彼は足元の丈の長い草を片手でひきよせていた。ちぎろうとするでもなく。

しばらくの間、沈黙があった。日が照り、土と草の匂いがたちのぼり、二人は思い思いの考えを反芻《はんすう》した。

「ねえ」と女が云った。

「なんだい」と男が云った。

「あたし、わからないわ」と女がつぶやいた。

「俺だってわからない」と男が云った。

「あたしには比べることはできないわ。あなたとあの子と」

「そりゃそうさ」

「そうじゃないのよ。なんて云ったらいいか……」

「わかっているよ」と男が云った。「こっちにも、蟻がきた」

「そうね、蟻ね」と女は云って、足をすこしどけ、乾いた地面を這ってゆく蟻の群を見た。「なんなの、これ。一体どうした訳？」

「どうした訳かわからんね。多分、引越でもするんだろう」

「あれは女王蟻ね」

「そうだ、大方そんなところだ」

「あれは移住をして、巣をつくるのよ、別なところに」

男は聞いていないらしく、首だけで返事をした。

「一昨日、蟻の映画を見たわ」かまわずに女は云った。彼女は一昨日をおとついと発音した。「あのね、放射能で、蟻が大きくなる映画なの」

「そんなのがあったね。筋は知ってる」と男は、彼等の問題から離れた事柄になると女の口調が子供っぽくなるのを意識しながら言った。「君の好きそうでもない映画だし、あんなのを喜ぶ男を俺は知ってるよ」

「おかしな人ね」女は、ごく自然に、男の手の上に自分の手をのせた。

男は、なじみぶかい、いくらか汗ばんだ小さな手の上に、もう一方の自分の手を重ねながら、前をむいて云った。「どうだった、その蟻は？」

「途中で出ちゃったの。大蟻っていやらしいほど巨《おお》きいのよ。それが気味のわるい声をだすの、キイキイって……」

男は、大きくえぐられたボートネックのワンピースからのぞいている女の鎖骨の隆起と、そのほそい喉首とを見た。それから、キイキイというときに現われたその子供っぽい微細な表情の変化とを。すると、どんなにこの女が若く、頼りなげで、なにひとつ自分一人ではできないにちがいないということが更《あらた》めて理解できた。こんなに小さく、こんなに脆《もろ》そうで、こんな若い女が子供を生むことが間違いなのだ、と男は思った。おまけにもう子供のできない身体《からだ》になってしまったことも理不尽だった。男は訳もなく彼女の夫を憎んでみたが、およそ場違いの憎しみであることは彼にもわかっていた。

「あたし、あんな大きな蟻がでてきたらいいと思うわ」と、女はつづけた。「そして、あたしも、あの子も、みんな食べられちゃったらいいと思うの。……でも、きっとこわいわね」

「そりゃ怖いだろうさ」と男が云った。

「あたし、逃げてもいいかしら」

「そんなこと俺は知らんよ」と、無愛想に男が云った。

またしばらくの間、沈黙があった。日が照り、幾秒か風が草をそよがせ、蟻の列は足元を去った。

「暑くないかな」と、男が云った。

「大丈夫」女は目かげをして、晴れておおいかぶさるような空を見た。白い雲が二つ三つ、空の中ほどに散らばっていたが、あってもなくてもいいような雲だった。

「あの子のことをいっているのだよ」

「そう？」女は男を見て、それから子供の方へ目をやった。「でもあそこは日かげだから。……あなたはやさしいのね」

「そうかね」

「ときたまね」

男は女を見て、一寸わらい、そして、どこかへ行ってしまった蟻の列を探した。

「あたし、わからないわ」と、女がつぶやいた。

「わからないことはないさ」と男は云って、むこうにしゃがんでいる女の子を見た。ちいさな丸っこい身体と、彼女自身をひとつの玩具みたいに見せている大きなリボンとを見た。しかし女の子は、ひとりの人間で、なにか真剣に地面を見ていて、もとより玩具なんぞではなかった。

「あの子？」女は男の視線をたどって、云った。なんだか自分に縁のないものに対するような口調だったし、それが自分でもこわかった。傍らから、へんにだるそうな男の声が云った。

「お前、あの子の前で、俺に抱きつけるかい？」
彼は、相手がどんな表情をするか見る気にもなれなかった。で、もっとだるそうな声で云った。
「わからなくても、決まっているんだ」
「そうね」と女は口早に云った。「そうなって、それであたしはお終《しま》いだわ」
男はおし黙った。女は、何にも云ってくれない男がうらめしかったが、それ以上話
したところでどうなるということではなかった。何十度くりかえしたところで無駄な
ことだった。夫はあの子を放しはしないし、彼女も子供を捨てることはできなかった。
女は目をつぶった。するとニ年前、あの小さな肉塊が彼女に与えた焼けつくような痛
みがよみがえってきた。ぼんやりと女は云った。
「あたしって、母親なのね」
「君は母親さ」鸚鵡《おうむ》がえしに男が云った。
「あたしは母親よ。でも、いつも母親でいなくちゃいけないの？　あたしって、もっ
と赤ん坊なのよ」
「君は赤ん坊だよ」
「もちろん赤ん坊じゃないわ。でも、まだやっぱり女でもいたいってことを考えるの
はいけないことかしら」

「君は女さ」と男が云った。「あと二十年は充分美しい」

女はそっぽをむき、口をひらきかけ、それから気をとりなおして相手の手に自分の手を重ね、しずかに関節の上を撫でた。骨がかたく、自分の指がやわらかいのが感じられた。

「君の足はきれいだ」女の指をまさぐりながら、低い声で男が云った。

「バカね」

女はため息をついた。彼女には、相手がうらやましかった。

「あなたには未来があるわ」半ば母親のように、彼女は云った。

未来？　男はすこしも実感の伴わぬその言葉を頭の中で廻転させてみた。なるほどそれは本当だったし、同時にまた嘘だった。だが、彼が嘘だといえば、女は嘘じゃないわというだろうし、考えてみるだけつまらない話だった。

女の子が駈けてきた。一匹の、大きな羽蟻の翅《はね》をつかんでいる。彼女は好奇心と恐怖を半分ずつ感じていて、できるだけ手を身体から離し、ちょっと男を見、それから母親にそれを差出した。ところが、母親がこわそうに身をねじったので、女の子はいそいで蟻を投げすてた。

「アリ、刺す？」

「さあ、どうでしょうね」女はまだ気味わるげに、地面に落ちた大きな蟻が肢《あし》をひきずって歩いてゆくのを見ていた。「あなた、蟻って刺すの？」彼女は無意識に、二通りの声を使った。

「さあね、せいぜい嚙みつくくらいだろう」

男は興味なさそうに云い、目の前に立っている女の子を見た。敏感に彼の視線を感じて母親の膝につかまった、ちっとも無心でなさそうな幼児のふっくらした頰を見た。母親とはすこしも似ていないと思った。

「ママ、かえる」

「あら、ブランコに乗るのじゃなかった？」

女の子は自分の楽しみを思いだし、こっくりして、母親の肩につかまった。今日は遊園地で遊ぶ筈だったし、新しい服を着、リボンをつけてもらい、自分でもそれを素敵だと思った。しかし郊外の駅の改札をでると、あの男が近づいてきて母親と並んで歩きだした。そんな風に何もかも駄目になってしまったのだ。

「もうちょっと待っててね。そしたらブランコに乗りましょう」母親が云った。で、女の子はさっき投げ捨てた羽蟻を探した。べつに好きなムシでもなかったけれど。

「あの大蟻もね、可哀そうにはちがいないわね」と、女が云った。

「なにが可哀そうだって？」

「蟻。映画の大蟻よ。だって蟻にしてみれば、折角巣をつくって卵をうんでるんでしょ。たまたま人間を殺したって、悪気があってするのじゃないのよ。それを火焔放射器なんかで焼いちゃうなんて……」

男はあきれたように女を見やり、それから云った。

「なるほど、可哀そうだな」

「でも、うらやましいわ」

「なんだって？」

「うらやましいと云ってるのよ。人間は一番強いから誰も破壊してくれるものがないのよ。だから、そういうものを自分で壊せない人間はそのまま終りなのね」

「君はなかなか雄弁だね」悪気なく男は云った。「あの子は退屈しているよ」

「しゃべりたくってしゃべっているのじゃないわ」

女は自分の靴先を見つめ、表情をくずさずに云った。

「あなたが黙っているからいけないのよ。あたしだって、なにか話す必要があることはわかるわ。あたしってけっこう大人ね」

男はわらった。「うん、立派なもんだ」

「ほらね。あなたは笑ったでしょう？　あたしだって、あなたを笑わすことくらい知ってってよ」

不意に女は涙をうかべた。常々いったん涙をだしてしまうと、彼女はもう気力がなくなり、あとは男にまかしてしまうより仕方がなかった。が、いまは子供が傍にいて、それが期待できなかった。女はこぶしで目をぬぐった。案外かたいこぶしで、自分でもいぶかしかった。あたしは痩《や》せたのかしら。これでぶったら、痛いかしら。

「でも、ぶってもダメね」と、女は口にだして云った。「あたしは力がないから」

「なにをぶつんだって？」

「バカな人ね」

「君より利口だ」

「あなたは利口で、そして鈍感なのよ」

「多分そうだろう。もっともな話だ」

「やめて！」女は云った。「あたしたち、もっとほかの口のきき方もできる筈ね」

「そうだ。俺たちには自由に口がきける権利だけはある訳だからな」

「それ、どういう意味？」

「べつにどういう意味でもないさ」

「でも、どういうふうにしゃべったって、感じることは同じじゃないこと？」

「感ずるってことも、案外いい加減なことかも知れないよ」

「いい加減でもなんでも、寒いのはたまらないわ。あたし、夢に見るの。こんな気候になっても夢に見るの。うす暗くって、氷のはっている冷い中で、裸でガタガタしているところなの。それでも、あなたは平気？」

「夢にまで見る必要はないからね、俺は」

「あたしをいじめたいの？」

「いいや」

「いじめてもいいわ」と女は云った。「もしそれで、いくらか暖くなるのだったら」

「ああ」と男は云った。「だが今は、いやになるほど陽《ひ》が照ってる」

「それじゃ、もし寒くなったら、いじめてね。でもきっと、あなたは寒いのは平気ね」

「なぜ？」

「あなたは毛が多いから」

「うまいことを云うね、君は」

「あたしも、すこし、うまいと思ってるのよ」

二人は笑顔を見せようと努力した。それから、そっと手をとりあい、指先のもっとも鋭敏な箇所をさぐりあった。

「暑くないかい？」と男が云った。

「大丈夫、すこし頭がガンガンするけど。あたしはそういう風に生れついているのだわ」と女は云った。「あなたは、スジコがお好き？」

「スジコ？　また、なんでそんなことを訊くんだね」

「ちょっと気がついたのよ。気がついたことをしゃべるってことは仲々いいことじゃないこと？　いけないかしら」

「いけなくないよ」

「それなら、スジコって、おいしい？」

「スジコは好きだよ」

「あなたって手数がかかるのね。でも、あなたは手数がかかるように生れついているのだし、それはいいことなのよ。それにスジコがお好きだってことはとても素晴らしいことよ」

「そんなにすばらしいかね」

「すばらしい、って云えないけれど、あたしには嬉しいことだわ。あたし、この頃スジコが一番おいしいの。妙ね」

「妙でもないだろう。君が嬉しいのなら俺も嬉しいさ」

「本当にそうお思いになる？」

「思うともさ」

日が照り、けだるい大地の匂いがたちのぼり、その中をこまかい虫のようなものが飛んでいるのが見えた。

「あたしね」と女が云った。「本当は今日、もっと楽しく過せるのじゃないかと思ってたの、三人で。でも、それはあたしの間違いね。あたしってヨクバリなの。それはよくわかっているわ」

「ちっとも間違いじゃない。君のいうとおりだよ」と男は云った。「ただ、俺は不粋な男でね」

「ママ、かえる」と、女の子が云った。すっかり退屈してしまい、不機嫌になり、母親のところに駈けよってくるなりそう云った。

「帰るの？　ブランコには乗らないの？」

ブランコにのる、ねえ、早く、と女の子は云おうとした。が、口がうまくまわるかどうか自信がなかったので、こっくりしただけで、ちらと横目で男を窺《うかが》った。

「そう、じゃ乗りましょうね」

「ブランコにのる、すぐね」と、女の子は今度は口にだして云った。平生大人たちが感心してみせてくれるときのように、可愛らしくこまっちゃくれて云えたので、彼女はその効果を確かめようと、横目を使って男を見た。すると、男が太い腕をのばし、自分を高くもちあげるのを感じた。

大人からそうしてもらったことは何遍もあったが、こんなに高くもちあげられたことは嘗《かつ》てなかった。さきほど蟻が沢山歩いていた丘一体がふいに平たくひろがり、ずっと遠くまで世界が展《ひら》けるのを、女の子は、男の顔の前でむっちりした足をばたばたさせながら意識した。いくらか怖ろしかったが、今まで自分を無視していた男が、やっと自分を認めてくれたことが嬉しかった。で、彼女は自分の真下にある、前よりも額の広く見える男の顔に笑いかけた。

だが、男は笑わなかった。おそろしく無表情で、なんだかさっき見た大蟻の顔にも似ていた。そのうえ男は、そんなふうに彼女を差上げたままでこう云った。「お前を殺せたらなあ」

不安で、怖ろしくて、下を見るとそのくせ男がとてもやさしい顔をしているので、かえって怕《こわ》くて、女の子は泣顔になった。彼女は短い両足をだらりと下げ、おびえきって云った。「ころちゅの？　ころちゅの？」

「殺しはしない」男は云って、女の子を地面におろし、大きなリボンとやわらかな髪の毛とを撫でた。「なんといったって、お前は俺にとってこの世界中で特別な人間の一人だよ」

そして、彼はふたたび女の子の髪を撫でた。あまり気持のいいことではなかったが、とにかく安心していいのだなと女の子は思った。それに男は笑っていて、もう蟻に似ていなかった。

「俺は帰る」と男は云い、女の子のリボンをいじくった。

　女の子はほんの一寸気がぬけたが、男が行ってしまうことは本当は大安心のことだった。

「かえんの？　かえんの？」と女の子は意味もなく云った。彼女は大人と口をきくのが嬉しくて、なんにでも口をだすつもりでいた。

「俺は帰る」男は笑って、同じことを繰返し、そのくせその場を動こうとはしなかった。

「どこにいくの、パパんとこ？」

「あたしは、ダメだわ」とふいに女が云った。彼女はさっきから坐ったきり、ぼんやりと男と子供とを交互に見ていた。

「ダメ？　ダメ？　ダメ？」と、意味もわからずに女の子がくりかえした。

「そんなことはない」と男は云い、靴の中で指先をうごかした。そこには水虫ができていて、すこしかゆかった。陽気があたたかいのだ、と男は考えた。たしかにふりそそぐ日の光の下で、丘全体がゆれているような感じがした。蟻の群が土中から生れ、それがどこかへ飛んでゆくように、けだるく暖まった空気がそここの土中から上昇してゆくらしかった。

　男は、坐ったままの女に両手を差しだし、半ば自分に云いきかすように云った。

「そんなことはないよ」

その手に自分の体重をすっかりかけ、引起してもらいながら、女は何も考えずに口早に云った。

「そうね、そんなことはないことね。ただ一寸云ってみただけなの。そうすると気が休まるから。すこしは気を休ませたっていいでしょう?」

こんな女が子供なんぞ生むのが間違いなのだ、と男は思った。するとまたしても理不尽な憤《いきどお》ろしさがこみあげてきた。

「そりゃいいさ」と彼は云った。

河口にて

遠くから幻聴のようにかすかな鐘の音がきこえ、それは断続的にずっと以前からきこえていたようで、あれは何かなと意識の片隅で私はいぶかった。その間にも私はせかせかと緻密《ちみつ》に銀白色にひかるメスや鉗子《かんし》を並べ終り、そしてふりむくと、手術台と思っていたのが非常に古風な黒ずんだ木製の寝台で、そこに亜麻色の髪をした少女が毛布にくるまってじっと仰向けになっていた。ほそおもての顔がなんとも蠟《ろう》のようで、少女はそのまま瞠《みひら》いていた目を閉じ、閉じてしまうと、その瞳《ひとみ》が何色をしていたのか私にはもう思いだせなかった。手をのばして毛布をめくると、すぐに真白な腹部が見え、手術野がすでにガーゼで四角く区切られていて、その薄い皮膚の上にごくわずかメスを触れただけで、柔かい刺身でも切るみたいによく切れ、そのうちに少し太い血管にあたったらしく、血が玩具《おもちゃ》の噴水のようにほとばしって、それがちっとも赤くないのを私はまたいぶかしく思った。鉗子ではさんでも、じわじわした出血はなかなかとまらず、それでいて私はやはりのろのろと手を動かし、筋肉の層を切りひらいていって、ようやく白っぽい腹膜があらわれ、ごくそっとメスの刃先でなでると、ぽっかりとうすぐらい腹腔《ふくこう》があき、中にはうねうねした腸など少しもなく、手を入れて探ってみると、奥のほうになま暖かい肉塊が指先に触れた。そのぬるぬるした奴《やつ》をひきだしてみると、それは小さく丸まった胎児で、どすぐろい血塊があちこちにつき、それでも顔のへんを見れば、ちゃんと一通り目や鼻がついているのだった。その塊《かたまり》は初めぴくぴくしていたが、やがて私の手の中で動かなくなり、生暖かかった体温が見るまに冷えてゆくのが感じられてきた。私はその死んだ肉塊を抱いたまま、蠟のような少女の顔をのぞきこんだが、これも目をつぶったまま呼吸を停止しているようで、このときになって私ははじめて愕然《がくぜん》として目を覚《さ》ました。

「ドクター」

そう呼ぶ声は薄闇の中からひびいてきて、気がつくと私は船室の狭苦しいベッドの上に横たわっており、慌《あわ》ててカーテンをひくと、つい今しがたの夢の中の顔のように、色のない、しかし髭《ひげ》だらけの男の顔がのぞいていて、その男はもう一度ためらいがちな声で私を呼んだ。

「ドクター」

自分のものでないような手足を無理に動かして上段のベッドから辷《すべ》りおりると、室内はへんに暗く、白っぽい朦朧《もうろう》とした明るさのみが丸窓に見えるばかりだった。

「ドクター、吐気《はきけ》がするんで」

その男は、そうした薄明りの中で、なんだか現実のものとも思えず佇《たたず》み、どこか喘《あえ》ぐような声でそう言った。昨夜、私は机の上のスタンドも消して寝たらしく、室内にはわずかに船窓からの心細い光がながれこんでいるばかりで、その男の顔を辛うじてうすぼんやりと見わけられるだけであった。ようやっと灯《あか》りをつけると、顔だけはよく知っている若い機関部員が片手で胸をおさえるようにして立っていて、無精髭《ぶしょうひげ》の生えた顔がおどろくほど血の気がなく、冷汗さえ浮べている様子で、私は頭をふって無理にも眠けをはらいのけようとした。

このわずか六百噸《トン》のマグロ調査船が日本を出てからもう三カ月にもなるが、欧州の港に寄りだしてから積みこむ水がわるく、吐気を訴える者が幾人もいて、船医である私は余分に薬を調合してすぐ渡せるように用意しておいたりしたが、この男のは一目見ただけで程度がひどそうで、口をきくのも苦しいらしく、とても内服薬ではおさまりそうになかった。私はとりあえず男を形だけのソファーに横にしておいて、隣りの治療室にはいって行き、あれこれと注射薬の箱を捜してみた。まだ私は頭がはっきりしてこず、どの薬にしたものか容易に考えがまとまらず、それでもやっと一本のアンプルを見つけだして、それを男の腕にぎくしゃくと注射をした。男は冷汗をうかべていて、とてもこの程度の注射では収まりそうもなく、さてこのあとはどうしたものかと私は朦朧とした頭で懸命に思いめぐらした。ところが、まだ注射した部分をもんでやっているうちに、男は急に、ドクター、だいぶよくなりました、と、さっきから比べると別人のような声で言い、額の汗をぬぐった。いくらなんでもそんなに早く薬が効く筈もないので、私はもうしばらく横になっているようにすすめたが、男はもう大丈夫のようだと不器用に頭をさげ、そのまま船室から出ていってしまった。

男が行ってしまうと、やっと私は本当に目が覚め、寝巻一つで動きまわっていたのでしきりに寒く、思いついて下のベッドをのぞいてみると、同室のセカンド・オフィサーは当直《ワッチ》でブリッジに行っているらしく寝床はからで、私は一人で寝巻一枚のままほとんど身震いしているのだった。暖房はあったが暖かいとはいえず、私はヒーターのコードを急いでさしこんだ。壁の時計を見るとまだ六時で、もちろん夜はまだ明けきっておらず、しかも丸窓から見れば霧一色で、船が昨夜から少しも動いていないことは明らかであった。私はしばらく寝巻一枚のまま、ニクロム線がまっかになってきたヒーターの上にかがみこんでいた。船に寝巻はいかにも似つかわしくなかったが、この船は水産庁の漁業調査船で身だしなみなどかまわずに済んだので、私はずっとこれを着ていた。日本を出てから、もうかれこれ三カ月を越しているのにまだ一度も洗っていず、垢《あか》でよれよれの有様で、私は今度こそ洗おうといつも考えているくせに、洗濯日がくるときまってわざとしたように忘れてしまうのだった。そして、そんなよれよれの寝巻一枚では、いくらヒーターの上にかがみこんでも、背中から足まで一面に寒く、それでも私はなんだかこうしているより仕方がないという気がして、頭の隅でしきりと何事かを考えようとしていた。吐気のする病人のこと、夢の中で胎児をとりだした少女のこと、一切が曖昧《あいまい》で、そのほか私は、この数年間に起ったさまざまのこと、それこそ実に些細《ささい》な事柄までを、ほんのわずかな時間のうちに憶《おも》いだし反芻《はんすう》していた。山で崖から墜落するときは、ほんの一瞬に過去の出来事がめまぐるしく頭に去来するというが、それもまんざら嘘でなさそうだと、私はそんなことを奇妙に真剣に考えこんだりした。

　それにしてもやはり寒く、私は腰掛けの隅に丸めて投げだしてあったシャツやズボン下をそろそろとつけはじめた。まだ眠かったが寝床にもどる気はせず、心のどこかがせかれるようで、私は服を着終ると、べつに当てもなく部屋を出、後部のハッチから上へあがっていった。後甲板に出てみると一面の霧で、空を見ても海を見てもただ白いばかりで、どこまでが海なのか区別もつかず、いや、海というよりもここはまだ河口の筈で、冬のアントワープの港を出港してから丸二日かかって船はまだ海へも出ていないようだった。

船は、海と河とがいりまじった、霧を映した白い水面にどうすることもなく錨《いかり》を入れて浮び、ブリッジの方角を見あげると、リバー・パイロットを呼ぶ青い灯《ひ》がぼうっとともっているのが見えたが、そんな光は陸までとどく筈がなく、陸などどこにあるのか見当もつかなかった。静かで、霧だけが音もなくうごき、佇んでいる私の前をこまかい水滴が煙のながれるように動いてゆくのがわかった。もう夜は明けている筈で、白っぽい光が霧とからみあい、この小さな船の全貌《ぜんぼう》だけはたしかに見渡せた。はるか遠くで霧笛がきこえ、すると今度は思いがけない近くから、年老いた神話の巨人のうなるみたいに太い霧笛が湧《わ》きおこってき、それはたしかに湧いてくるというより表現しようがなく、同じように幾重にも織りかさなった深い濃霧《ガス》の中へ消えてゆくのだった。それから鐘を叩《たた》く音がきこえた。どうやらこの濃霧の中を動いている船があるらしく、急にあちこちから霧笛と鐘の音が湧きおこり、それはお互いの船同士で所在を知らせあうものなのだが、いかにも地球の涯《はて》のもの音のごとく沈んでひびき、鐘の音はかすかなだけに余計もの悲しくきこえ、それらの音が消えていくと、あとには漠々《ばくばく》とした濃霧と静寂だけが残った。ふいに、私の船も霧笛を鳴らした。それは耳のすぐ間近なだけに、とびあがるほど大きくとどろき、鳴り終ってからもしばらく鼓膜がじいんとし、私は思わず苦笑いをした。そのときブリッジに人影がうごき、厚いオーバーに身をかためた不恰好《ぶかっこう》な当直の甲板員《こうはんいん》が出てきて、ブリッジの後方につるしてある鐘をせわしく叩きはじめた。これもかなりやかましく響き、しかし鳴り終ってしまうと、すぐに、こわいような困惑するほどの静寂がきた。

オーバーも着ていない私はようやく寒さを覚え、夢の中の動作のようにタラップをおりて自分の船室に戻っていった。このぶんでは船はいつ動きだせるのか見当もつかず、一体フランスの港に着くのはいつになるのか推測もできず、そしてそのフランスの都会には、私の古くからの友人が病気で寝こんでいるようであった。

彼は高等学校以来の友人で、三年ほど前からフランスに留学しているのだが、もうとうに奨学資金もきれている筈だのに、一体どうして暮しているのか、おそらくひどく貧乏していることだけは間違いなかった。お互いの無精からずっと文通もとぎれていたのを、私が航海に出てからようやく連絡がとれるようになり、その後は港ごとに便りを交わしあい、私はなによりも彼と会うのを心待ちにしていたのだった。ところが先日寄ったオランダの港で、私はいつものようにこまかい字がぎっしりと書きこまれた手紙ではなく、ごく簡単なそそくさとした絵ハガキを受けとり、それによると彼は病気になっていて、そのハガキも彼のところにちょいちょい遊びにくる女の子に出してもらったものらしかった。その女の子というのは、リスボンの生れで、まだ十四歳とかいうことで、彼のアパートの近所に母親と二人だけで住んでおり、どういうものか彼のところにしげしげと遊びにくるそうだが、近ごろ彼が交際している人間はほかにほとんどいないようだった。彼女は自分のアパートの部屋にいろんな小さな動物を飼っていて、たとえば二十日ねずみを机の上に出してやるとコップから葡萄酒《ぶどうしゅ》をのむとか、亀《かめ》の子を三階の窓から落してしまって甲羅《こうら》にひびがはいったがセロテープを貼《は》ったら癒《なお》ったとか、そんなたわいのない可愛らしい話をしては帰ってゆくらしかった。彼の手紙は、その女の子の話のほかはたいてい陰気で、冬の欧州の気候そのままに暗く湿っていて、私はまだ見ぬ冬のパリの憂鬱《ゆううつ》さや、彼の住んでいる部屋の薄暗さまではっきりと想像することができた。手紙には書かれていないところまで、私には実によく想像でき、それによると彼の部屋は古びたアパートの四階で、くらいすりへった木の階段を、ぐるぐるまわりながら実に長いこと登っていったどんづまりにあり、滅多に外出もしない彼は小さな机にむかって表紙のすりきれた本をひらいたり、隣りについているごく狭い台所へ行って湯をわかしたり、ベッドに腰かけたまま長っぽそいパンを割って嚙ったりしている筈だった。しかし、いま彼は起きあがることもできず、やせこけた顔をしてぎしぎしきしむベッドに横になっており、そのリスボン生れの少女がまったく途方にくれた顔つきで、なんと話しかけたらいいかもわからずそばに腰かけているのかも知れなかった。きっと医者にかかろうにも金がないのだろうし、それなら私が一刻も早く行ってやって薬を与えねばならなかった。それなのに、この濃霧《ガス》のため船は身動きもできず、ベルギーのアントワープからフランスのル・アーブルまで一日足らずの距離なのに、アントワープでは出港が四日も遅れ、やっと出港してみても、ふたたび襲ってきた濃霧のために、二日かかってまだ河口にとどまっているという有様なのだ。

アントワープで出港がのびている間に、私は次第に彼のことが気になりだし、どうもただの風邪《かぜ》なんかではなさそうだという予感がしきりにした。この霧はもう幾日も幾日もつづいていて、地元の人の話では三十年ぶりとかいうことで、河口には出てくる船と入ってくる船とが数十隻ぎっしりかたまっているに違いなく、いつになったら港を出られるのか見当もつかなかった。昼間は待機のために上陸は禁止され、夕刻になるとその日の出港は延期ときまってようやく上陸が許されたが、もうとうにベルギーの金は使ってしまっていて、夜の街にあがっていっても大して面白そうなこともなかった。それでも私は毎晩、霧のふかくたちこめた街へ出てゆき、自動車のヘッドライトが黄いろくにじみ、街灯が同じように列をなしてにじむのを見ながら、ふらふらと一人、オーバーの襟《えり》を立てて歩き廻るのだった。駅前の繁華街までくると、私はいざというときのためとってあった一ドル紙幣を一枚だけ、一、二枚の絵ハガキを買ってベルギー・フランにかえ、そのあと映画の看板を眺めたり、本屋のショーウィンドーの前に佇んだりした末、すいていそうなカフェーをさがし、一杯のビールを頼んでできるだけ長い時間をすごすのが毎夜のことだった。私は病んでいる友人のことを考え、この霧さえなければ今ごろは彼の部屋に着いているだろうにと思ったり、ひょっとすると彼はそのリスボン生れの少女に恋心みたいなものを感じているのではあるまいか、いや、相手はなんといってもまだ十四歳の少女なのだからな、いやいや、こちらのチーズを食べる彼女らはずっと発育がいいのだから、十四歳にもなればけっこう一人前の女なのかも知れないな、などと愚にもつかぬ考えにふけったりした。それから、残った金を計算してからもう一杯だけビールを頼み、それを半分ほど飲むころにはふしぎなほど酔っていて、自分は一体どうして今、こんな場所に、一人ぽつねんと坐っているのだろうと、信じられないいぶかしい気分にさえなってくるのだった。私はこれまでに見た港々や、汽車に乗って旅行したいくらかの土地の記憶を思いだそうと努めるのだが、それらはもうこんがらがり、まぜこぜになって、見てきた絵画や彫刻なども同様で、すべて霧に包まれたようにぼやけていた。カフェーの店内には、おっとりとした家族づれや、笑いあいながら杯をあけている愉快そうな連中もいたが、隅のほうにひっそりと、一杯の茶を前にして造り物みたいにうずくまっている鳥に似た顔つきの老婦人もいた。彼女は実に長いことカップに手をふれずにじっと坐っており、おそらく家へ帰っていっても人けのない自分の部屋で希望のない夜を過すより、こうした店で人々のさざめきや音楽を聞いているほうがまだしも気が晴れるのだろうと私は想像してみたが、それにしても彼女は孤独そのもので、黒いオーバーをぬぎもせず、いつまでも身じろぎひとつしないのだった。そして気がついてみると、私もまた一人きりで随分と長いこと坐っており、急にせかれるようにボーイを呼んで勘定をすませ、頭の隅でものうく計算したごく少額のチップをおき、外に出るときちらと見ると、さきほどの老婦人は顔をあげようともせず同じ姿勢でうずくまっていた。まるでもっと夜ふけまで、陽気な人々がすべてこの店を去ってしまうまで、そうやっているのが自分の運命だと承知しているかのような姿であった。戸外は寒く、霧はさらに濃くなっていて、街灯や車のライトがにじみ、たまに行きかう通行人の影がぼうっと現われてきて、すぐと同じように薄れて消えた。……

といって、そのような憂鬱な記憶ばかりたどっていても仕方がないので、私はふたたび部屋を出、狭い船内の廊下をたどり、今度はブリッジにのぼっていった。船が動かぬので、当直のオフィサーは海図室でなにか記入しており、操舵室《そうだしつ》では厚ぼったい外套《がいとう》にくるまった甲板員が、所在なげに歩きまわり、ときどき外へ出てブリッジの後ろにつるしてある鐘を叩いたりしていた。それに応ずるように、霧に閉ざされた海のあちこちで鐘の鳴る音がきこえ、甲板員は笑いもせず、むっつりした声で呟《つぶや》いた。

「ありゃフライパンですよ、ドクター」

「なんだって？」

「ほら、いま聞えたあの変な音ね、ありゃフライパンを叩いてるんですよ」

「気にいらねえ音だな」べつの甲板員が顔をしかめて言った。「だが、ありゃドラム罐《かん》だろ」

「いや、フライパンだよ。ドラム罐はあんな音じゃねえよ。俺《おれ》はちゃんと知っているんだ」

そんな会話も一向に面白くはなく、かえって皆がいらいらしているのがわかり、私は努力しても会話に加わろうとする気になれなかった。レーダーを覗《のぞ》かせてもらうと、私たちはたしかに河口の手前におり、陸地が不規則な黄色い縞《しま》となって示されていて、河が海にむかってひらいているその辺《あた》りに、とても数十ではききそうにない黄色い微細な点々がびっしりと光って見えた。それらはすべて行動の自由を失った船の群れで、霧の中に錨を入れ、鐘や霧笛でその所在を知らせあっているのだが、こうしてレーダー盤の上にびっしりとかたまって光っているのを見ると、これではなるほど動ける筈がないと、あらためて事態の成行《なりゆき》が案じられてくるのだった。

「いくらかよくなってきたかな」しばらくして、当直《ワッチ》に立っていた甲板員の一人が呟いた。

たしかに右手のほうの霧がいくらか薄らいだようで、よくよく目をこらして見ると、一隻の船の姿態がぼんやりと見わけられ、それは思いもかけず間近く、今の今までそこは白一色の世界だった筈なのに、少なくとも一万噸はありそうなそのタンカーの巨体がすぐ百メートル向うに浮んでいるのは、どこまでも目の錯覚としか思われなかった。私はブリッジの横手に出て、次第にはっきりと見えてくるその鉄のかたまりを少しでもよく見極めようと努め、白一色だった世界にそうしたしっかりした形象がうかんでくることにすがりつくような満足感すら覚えた。しばらくすると、そのタンカーの船尾に人影がうごき、そのあたりからよく澄んだ鐘の音が伝わってきた。ついで、その人影は急にうすれ、いや濃霧《ガス》がふたたび濃くなってきて、タンカーの姿全体を魔術のように呑みこんでしまった。見えてきたときと同様、とても信じられぬくらいで、もういくら目をこらしても、漂っている霧の微粒子のほかは何も見わけることもできなかった。

いつの間にか、私は船内をあてもなく歩いていたらしく、エンジン・ルームの入口だけがむっと暖かいことや、廊下にまで霧がしのびこんで肌が湿っぽいことなどを意識したが、そのうち私は前甲板に出て、舷側《げんそく》から軀《み》をのりだして外をのぞき、ゆらゆらと白っぽくゆれている水面を眺めやった。やはり私は、心のどこかで、天井にしみのある殺風景な部屋に寝こんでいる友人のことや、途方にくれて甲羅《こうら》の割れた亀を眺めるようにその異国の彼女にとってはおじさんの年配の友人を見つめているにちがいないリスボン生れのあどけない少女のことを考えていた。或いは彼はもう元気になっているので、こんなことはまったくの杞憂《きゆう》にすぎず、もともと心配事などに縁のない筈のその少女も二十日ねずみに葡萄酒をのませていればいいので、要するにこの霧がすべて神経を疲れさせる源《みなもと》なのだとわかってはいるのだが、それでもやはり私はこだわらない訳にいかなかった。甲板は波もかぶらないのに一面に濡れており、金具や索具にもじっとりと霧がからみついていた。それらはドイツ、オランダ辺りまではもっときびしい寒気に凍りついていたのだが、今はいくぶん気温はゆるみ、ただ湿っぽく、うっとうしかった。氷結なら氷結でむしろ認識というものに近いといえようが、この霧は末梢《まっしょう》の感覚を刺戟するにすぎず、それも次第に原始的な、あるいは幼年期的なそれへと退行させてゆくような気がした。幼年期というものを私はもう観念としてしか想いだせなかったが、そういえばずっと幼いころ、こうしたいらだたしい不安と期待がいりまじったような時間が、ずいぶんと私たちのまわりに満ちていたのではなかったろうか。

気がつくと、白い濃霧《ガス》の帳《とばり》の中にくろい影があって、それは船で、なによりも私を驚かしたことに、音もなくまっすぐにこちらに近づいてくるのだった。その船は吃水《きっすい》が浅く、赤く銹《さび》どめの塗られた部分がはっきりと見え、船体の塗料もところどころはげていて、なんとなく幾年も洋上を流れていたという印象を与えたが、近づいてくると思いがけず大きく、船首は見あげるようで、そこの手すりに背の高い黒人が一人、身をもたせてこちらを見下ろしていた。それにしても音もなくその船は進んできて、もう手をのばせばとどきそうに間近く、黒人の顔立ちまでがはっきりと見分けられ、このままでは衝突するなと私は確信した。それでも私は声もたてず身うごきもせず、不安と期待のいりまじった気分で、近づく巨船と船首に立つ黒人とを見つめていた。その真黒な顔は、どこか嘲笑《あざわら》っているようで、そのくせ悩ましげに眉をしかめているようで、ぶ厚いくちびるはしっかりと閉ざされ、もうぶつかる直前だというのに、相変らず手すりにもたれてじっとこちらを見下ろしているのだった。そうして巨船はのしかかるようにおし迫り、まさに私の船とぶつかったな、と思った瞬間、それは消えてしまい、そればかりか私はいつの間にか船室のベッドに横になっていて、もう私は、今朝方からの事柄のどれまでが現実だったのか、夢の中のことだったのか、考えてみる気力もあまりなかった。

　私は服を着たまま寝ており、一度起きて身支度をしたことは確実らしかったが、ひょっとすると昨夜からこうして寝ているのかも知れず、私はベッドから起上ると丸窓から白いばかりの外界をのぞき、頭をふり今度はオーバーまで着こんで船室から出ていった。私はほとんど走るようにして前甲板に出ると、しばらく自分の鼓動を意識しながら、ゆらゆらと霧を映してゆれる水の面を見おろしていた。霧が水に溶け、水が霧に溶けあい、わずかなうねりにつれてのたくっており、ふつう船が洋上でエンジンをとめたとき舷側を打つぴちゃぴちゃという水の音も今はまったく伝わってこなかった。水は死んでいるかのようで、少し向うは空と水の区別がむずかしく、ただ空の白さのほうがほんのわずか明るく見え、樽《たる》がひとつ、その白っぽい水の上を流れていて、それでも潮があるらしく、かなりの早さで濃霧《ガス》の中へ溶けこんでいった。

と、どこからともなくかすかなエンジンの音が伝わってきて、はじめは気のせいのようで、次にはたしかに発動機船の音とわかり、私はタラップを駈けあがるとその方角をすかしてみたが、何ひとつ見わけることができなかった。ときたまひびきわたる霧笛と鐘の音のほかはなにもかも死んだようなこの世界の中で、古めかしい焼玉エンジンの音はたとえようもなく懐しいもので、私は目をこらしてその主《ぬし》を捜そうと努めたがやはり見えず、そのうちに反対側の舷側に、そいつがだしぬけにぽっかりと姿をあらわした。それもいかにも非現実的な感じで、しかし明瞭《めいりょう》にその白くぬられた中型のボートの上には二、三の人影さえ見え、私はリバー・パイロットがきたのかも知れないと思いながら、タラップをおり、そちらのほうへ近づいていった。

ボートのへさきに黒い革のジャンパーを着た小柄な男が、のびあがるようにして、ちょうど甲板にいたボーイになにか言っているのだが、言葉がわからないらしく、ボーイは困惑した表情で私をふりかえった。

「パイロット?」と私は声を出してみて、なんだか自分の声をはじめて聞く人間の声のように思った。

小男はこちらを見て、かぶりをふり、なにか早口に言ったが、私にはまったく理解できなかった。次にはぎくしゃくとしたなまりのある英語で向うは言った。

「これはデンマークの船か」

「いや、日本の船だ。あなたはパイロットじゃないのか」

ちがうちがうというように小柄な男は首をふった。「デンマークの船を見なかったか」

「デンマーク？」

そこに当直のセカンド・オフィサーがおりてきて、私と代った。ボートの船尾《とも》には二人の女が厚いオーバーの中に身をちぢめるようにして立っており、一人は多少いかつい顔立ちの上品な老婦人で、もう一人はその娘とも思われる二十歳をすぎたくらいの金髪の女であった。二人ともじっと口をつぐみ、いかにも疲れきったという様子で、足元には大きなトランクが三つほど積んであるのが見え、へさきに立った小柄な男はしきりに、デンマークの船、とくりかえしていた。

「我々にはわからない。こっちには三隻ほど船がいるが」と、セカンド・オフィサーは右手の濃霧の方角を指さした。「行ってみたか」

「あれはデンマークの船じゃない」

小柄な男はむずかしげに顔をしかめ、二人の婦人は問答を聞いているのかいないのか、じっと水の上に目をやって身じろぎもしなかった。

「こちらにも」と、セカンド・オフィサーは反対側の濃霧の中を指さした。「船がいるようだ。とにかく我々はデンマークの船を見ていない」

「オーケー」小柄な男はついに言って、ひょいと肩をすくめた。それが非常に印象的に見えた。それから彼はボートの舵《かじ》をにぎっていた相棒に合図をし、焼玉エンジンが再びさびれた音をひびかせ、白いボートは舷側を離れだした。小柄な男はちょっと指を目のところにあげると呟くように言った。

「グッド・ラック」

二人の女はこのうえなく沈んだ顔をし、上品な顔立ちの老婦人は横手の水面に視線をやって身じろぎもせず、寄りそって立っている若い女はちらとこちらに目をむけたが、明るい金髪がその表情をいやが上にも暗くしているにすぎなかった。私はぼんやりと立ちつくしたまま、エンジンの音が次第に遠ざかるのを聞き、白い霧の帳《とばり》がボートと人影を呑みこんでゆくのを見送った。

「女だな」

「うん」

背後でそんなささやき声がし、いつの間にかブリッジにいた当直員がボートを見におりてきていて、鐘の音についてと同様、とぎれとぎれに意味とてない会話を交わしているのだった。

「髪が……」

「え？」

「髪だ。髪の色だよ。おいら、あんな髪のいろ見るとなんだかしんみりしちゃうな」

「しんみりだって？」

「しんみりしちゃうんだよ、こうしてへんな外国の海の波の上に浮んでるのがね」

「阿呆《あほう》」と、もう一人の声が言った。「そんなことよりあの女、腹でっかくなかったか？」

「なんだって？」

「でっかかったよ。オーバーの上からはっきりわかるくらいでっかかったよ。ねえ、ドクター？」

ふいに言葉をかけられてふりむくと、そこに立っているのは今朝方、私のところに冷汗を浮べてやってきた機関部員にちがいなく、それでも今見るといやに元気そうで、どことなって病人らしいところは窺《うかが》われなかった。

「あの若い女、ありゃあはらんでたね、ドクター？」

「さあ、気がつかなかった」

しかしそう言われてみるとなんだかそんな気もしてきて、睡眠剤に似たにがい味が口中にひろがるのを私は感じた。目の下では白っぽい水がゆらゆらとうごき、まだかすかにエンジンの音はしていたが、ボートの姿はとうに見えず、私は頭をいらだたしくふってから問いかえした。

「あんた、今朝、僕のところに来たかい？」

それはおかしな質問だったにちがいなく、相手は一瞬きょとんとしたようだったが、すぐこんなふうに答えた。

「もういいんです。もう何ともないですよ」

すると彼が来たことだけは錯覚でなかったのだな、と私は頭のほんの一隅《いちぐう》でぼんやりと考えた。

「しかし、やんなっちゃうな、ドクター？」と、相手はいやにはきはきした声で言い、それがこの雰囲気とおよそかけ離れた威勢のよい快活な声だけに、それは一層うっとうしくひびいた。

「一体いつになったら動けるのかなあ」

「今日は何日？」と、私は気をとりなおして尋ねたが、それは単に相手に調子をあわせただけにすぎず、むしろ身体のどこかから勝手にとびだした言葉のようで、しかし相手は不相応に真剣に首をかしげてぶつぶつと呟いた。

「ええと、きょうは、と……十二日だったな。いや、わからなくなっちゃったな、あんまり霧ばっかしで。ええと、ちょっと待ってくださいよ」

「十二日さ」わきにいた当直員が口をはさんだ。

「そうだ、やっぱし十二日だ」と、機関部員は首をこくこくやって、ほとんど嬉しげにくりかえした。「十二日ですよ、今日は、たしかに。つまり、二月十二日の午前八時ってとこです」

　私はうなずいてみたものの、日附がわかったとて何になるということもなく、かえって気はめいってゆくばかりで、私は船員たちから離れると濡れた甲板をあてもなく歩いてゆき、反対側の舷側から外を覗きこんでみた。やはり同じことで、ひえびえとした水の層がただひたすら白っぽくゆらぎ、そこでは何もかも一切が不明瞭にまざりあい、覗きこんでいる私という実体までが曖昧になってその中へ溶けこんでゆくようで、目をあげても濃霧《ガス》は一向に薄らぎそうになく、どこか遥かなところから、やはり幻聴のようにまた、この世のものでないかのような鐘を叩く音がきこえてくるばかりであった。

星のない街路

ベルリンの十一月は、いつもながら、ひどく陰気な、じめじめした天候が続く。太陽はわずかに白っぽい光となって層雲の背後に隠されてしまっている。ときどき、しめやかな雨が過ぎる。霧ともつかない湿った空気が自然と微細な水滴となって降りだすような実にこまかい冷雨である。街はいつもくすんだ灰色に閉ざされ、人々は外套《がいとう》の襟《えり》を立て肩をすぼめて道を急いでいる。

爆撃の跡がまだあちこちに目についた。殊にティア・ガルテン地区には瓦礫《がれき》の山がそのままに放置されており、それがこの都市の見事な復興ぶりと鋭い対照をなしていた。一部分破壊されて廃屋になっている旧日本大使館もこのはずれにある。

クルフュルステンダムの大通りは、有名な壊《こわ》れかかった教会から始まる。遠方からもビルの谷間に、そのつぶれた屋根や、崩れおちた壁や、剝《は》げかかった内部の壁画などが望見された。そばに行くと、首や羽のもげた天使像がころげたままになっていたりもする。しかし選挙侯通り《クルフュルステンダム》の舗装《ほそう》は鏡のようだ。雨が降ると、夜にはとりどりのネオンが路上に映える。雨が降らなくとも、この季節には湿潤な空気がすべてをしっとりと濡らしているのである。ところどころに地下鉄の入口があり、二階建ての黄色い巨大なバスがゆっくりと往来する。

その選挙侯通りの裏手を、夜もかなり遅い時刻、間宮は一人で歩いていた。

裏通りといっても道幅はかなりある。両側の商店はとうに店を閉ざし、バーの門燈ばかりが明るい。ときどきソーセージを売る屋台が出ていて、本を小脇にした学生が恋人らしい若い女性と一緒にそれを囓《かじ》っている。彼らはたいてい粗末なレインコートを着ている。それで余計にうそ寒そうな印象を与える。

そのような夜ふけの街を間宮は通っていった。

いくらかは酔っていた。しかし快い酔い方ではなくて、押えられるように頭は重苦しく、索寞《さくばく》とした気分に満たされてくる。留学生が誰でも一度は経験する憂鬱症《ゆううつしょう》にかかったのだろうか、とも彼は考えてみた。あるいは単なる旅人の感傷にすぎないのであろうか。何よりもベルリンを閉ざしているこの湿っぽい気候、抑圧された雰囲気のせいではあるまいか。

間宮がそれまでいた西独の首府ボンは、静かな整った街であった。森の多い、政府と大学と住宅地の街である。ラインはゆるやかに流れ、スイスやベルギーの長細い荷船が行きかい、ときに美しい観光船も過ぎる。彼はそこで、心理学教室の研究員として平静な半年余の生活を送ってきた。

ボンに比べると、ここベルリンは遥《はる》かに暗く、湿っぽく、重苦しい刺戟に満たされている。四カ国に分割されているこの都市は東独にあり、西ベルリンに入るには空路よりない。しかし東ベルリンと西ベルリンの往来はかなり自由である。間宮は数日まえにこの地へ来た。東ベルリンに住む高名な心理学者に会うのも目的の一つであったが、そういう幾つかの仕事のほかに、嘗《かつ》ての首都であるこの都会で、もっとなまなましい現在のドイツを感じとりたいという気持もないではなかった。

東ベルリンへのもっとも主要な境界は、かのウンター・デン・リンデンの始まるブランデンブルク門である。六つの柱をもつ崩れ残った門の頂に赤旗が立っていて、こちら側には緑色の制服を着た警官がたむろし、やはり緑色に塗ったフォルクスワーゲン、サイドカーなどが並んでいる。車がくると、警官は白ペンキを塗った丸い標識を差しだし、停《とま》った車に首をさしいれて言う。

「証明書《アウスワイゼ》を《ビッテ》」

鄭重《ていちょう》な、同時に峻厳《しゅんげん》な態度であった。Ausweise bitte！これは国境だけのことではない。街を歩いていても常に聞かされる言葉である。

ベルリンも郊外へ行くと林があったり湖があったりして静かな散策を楽しめる。しかしところどころに立札があり、「注意！　百三十メートル先境界」などと書かれている。湖の中央あたりから先はソ聯地区だったりするのである。

　ベルリンの象徴のごときブランデンブルク門を一歩越すと、西独の人々が「イワンの馬鹿」と呼んでいる大きな図体のソ聯兵が、丸い弾倉のついた機関銃を手にして歩いている。しばしば東独の若い人民警官が一緒だ。一望の瓦礫の山があり、戦火の跡は西ベルリンよりもずっとなまなましい。ビルディングの横腹には、赤地に白く「アメリカ帝国主義を葬れ」などと大書した布が貼られていて、旅行者は、どことなく不気味な、なにか保証のない心境におしやられる。正直のところ、西ベルリンに戻ってきたとき間宮はほっとしたものだ。

　それにしても、薄暗く湿っぽい天候には変りがない。夜にはもとより星も月も見られなかった。曇天だけが定められたように続くからである。

　そうした夜の街を、間宮は索寞とした気持で通っていった。途中ひっかけた幾杯かのビールにも心のしこりは増すばかりである。もう十一時に近い時刻で、そろそろ宿舎へ帰らねばならなかった。しかしここ何日か泊っている安宿《パンジオン》の部屋に戻ったとて何が待っているというのだろう。

　閉ざされた商店の軒下には夜の女が立っていて、「遊ばない？」とか「おもしろいことしない？」とか英語で話しかけてくる。この土地でも彼女らの常客は現在はアメリカ兵なのだ。うら若い子もいれば随分の年増《としま》もいる。厚いオーバーを着て唇を濃く塗りたくっている。間宮は口をきかずにすりぬけて、かなり広い裏通りをさ迷っていった。

少し先を一人の若い女が歩いている。茶色のながい髪が肩のあたりにながれている。片手に粗末な黒いバッグをさげ、うす汚れたレインコートを着て、いかにもうすら寒げな後ろ姿であった。彼はなにげなく横を追いぬいた。まだ十七、八くらいの年齢であろう。透きとおるようにあおざめた、頰のこけた顔立ちであった。彼女はどこか虚脱したような目つきで、周囲の店の商標などを見あげながら、力ない足どりで歩いていた。傍《かたわ》らを追いぬいた間宮にも気づかない様子だった。

間宮は数歩先へ行ってから、ためらい、立止り、そしてとぼとぼと歩いてくる女を待った。近づいてもやはり同じ顔つきである。彼は声をかけた。

「失礼ですが、お嬢さん、お茶でもいかがですか」

自分でもどうしてそんな気になったのかわからなかった。おそらくこの夜ふけのべルリンの裏通りの、暗く淀んだ気配に堪えがたかったためかも知れない。

女は足をとめ、無関心な目つきで間宮を見た。街燈の光の下で、その目はほのぐらく、しかしまがいようもなくうるんで見えた。碧眼《へきがん》というものはなによりも憂愁をおびているものだな、と間宮は妙に客観的な気持でそう思った。

彼はもう一度、同じ言葉を繰返した。

何秒か女は表情も動かさずに立っていて、それから、低い、うつろな声で言った。

「ええ」

二人は、そのまま肩を並べて歩きだした。ゆっくりと歩きながら、間宮は女のレインコートの肩にたれている柔かそうな感じの茶色の髪を眺めやった。柔かそうなのは髪だけであった。女は口をきかない。ややうつむいて間宮と同じ足どりで歩いてゆく。ちょっとかたくなな、同時になげやりな顔つきだった。問いかけると、ヤーとかナインとかだけ呟《つぶや》くように返事をする。

バーにはいった。内部は煙草の煙が濛々《もうもう》とたちこめ、かなり喧噪《けんそう》を極めている。スタンドはアメリカ兵が占めていて、ドイツ語はほとんど聞かれなかった。

適当な席がないので、米兵と女がふざけあっているテーブルの向い側に坐った。米兵は白髪のまじった空軍の曹長《そうちょう》で、かなり酔っぱらっていた。戦争映画を見るとたいていこんな曹長がでてくるものだ。女のほうは四十をとうに越した脂肪肥りのしたドイツ人の娼婦《しょうふ》で、胸元のあいた薄い恰好《かっこう》をしている。この盛りを過ぎた二人はまるで小猫がじゃれあうように、ひとこと言っては相手をつねり、ひとことしゃべっては大口をあけて笑っている。

どうもこの娘を連れてくるにはいい店じゃなかったな、と間宮はやや閉口しながら思った。

しかし女はうつむいてはいるものの、それほど困惑した様子を見せなかった。なによりも疲れきり、虚脱しているようである。間宮は自分にはビールを、女にはコカコーラをとった。ぽつぽつと彼女が話すのを訊《き》くと――ベルリンアクセントで間宮にはかなり通じにくかったが――彼女は東ベルリンからの逃亡者で、いま郊外にある収容所にはいっている、実は十ペニッヒもなくて帰ろうにもバスにも乗れなかった、ということらしかった。

「どうして街に出てきたの？」

職を求めにきたのだ、しかしどこへ行っても断わられた、と女は答えた。

東西に分割されたドイツについて、間宮はこちらにくるまであまり認識がなかった。国境はかなりの間隔をあけて樹がきられ、建物が除去されている。越境は場合によっては生命にかかわるのである。そのころ評判になった映画に『星のない空』というのがあった。西独の警官が東独に住む娘に恋をする。彼はなんとかして彼女を西独に連れてこようと思っている。一方、その娘にドイツ語を習ったソ聯兵が同情して、娘が西独に行けるように手続きをとってやる。そんなことを知らぬ警官は越境してきて娘を誘いだして逃げようとする。ようやく証明書を手に入れたソ聯兵は驚いて、娘の名を連呼しながら追いかける。西独の警官は自分が追われるものと思いこんでソ聯兵を射ってしまう。二人は必死に逃げる。音響弾が打ちあげられ、シェパードをつれた追手があとを追う。ついに国境のところで警官は射たれ、娘も西独側から射たれて相ついで死ぬ。

間宮はこの映画をボンで見たが、暗い夜空にこだまする犬の遠吠えが、長いこと耳にこびりついて離れなかったものだ。

しかしベルリンだけは特殊地帯でほとんど自由に往復ができる。東ベルリンから西ベルリンに入りそのまま帰らなければ逃亡者だ。主に職を求めて逃亡してくる者が多いということだった。彼らは収容所に入れられるが、政治犯でなければやがて釈放される。収容所に起居して外出を許され職を捜すこともできるらしいが、この女もその一人だったのだ。

「西独に知合いはないの？」

「ええ」

「これからどうするつもり？」

「わからない」

それから女は手洗いに立った。その力ない後ろ姿が殊さらに間宮の心を刺した。

テーブルの向い側で陽気に飲んでいた老娼婦が、間宮を見て笑いかけてきた。もう老残の姿であるが、灰色の目が柔和で、見るからに気っぷのいい女らしかった。彼は思いついて、ポケットから五マルク貨をとりだし、脂肪肥りのした女の手に握らしてやった。

「あの子の意向を確かめてくれないか。彼女の発音は僕にはわかりにくいんだ」

「あいよ」老娼婦は相好《そうごう》を崩して合点してみせた。「ホテルへ連れてくつもり？」

「いや。……彼女は素人《しろうと》かしら」

「素人らしいね。待ってな。あたしがうまく訊いてやるから」

米空軍の曹長はドイツ語がわからぬらしく、自分の女が間宮と話をしている間、あからさまに嫌な顔つきをしていた。彼はこちらの話がすむと、だしぬけに肥満した女を大げさに抱き、なにやら大声に唄いだした。

若い女が戻ってきた。どこを見ているかわからぬ途方にくれた表情である。間宮は訊いた。

「ビール飲む？」

「いいえ」

「じゃ、コカコーラをもう一つお飲み」

注文をしてから彼はトイレットに立った。手をふいていると、さきほどの老娼婦が外にきて目くばせした。

「あの子、素人だよ。処女かも知れないよ」

「嘘だろう」

「とにかく大丈夫だよ。あたしが手伝ってやるよ」

そして肥満した老娼婦は間宮の肩を叩《たた》き、「うまくおやり！」と物分りのいい母親のような調子でつけ加えた。五マルクの効用だけではなく、彼女らは概して律儀《りちぎ》で責任感が強いのである。

席に戻ってくると、若い女は、米軍の老曹長がしきりと手まねで話すのを、やや迷惑げに、それでも生真面目《きまじめ》に聞いていた。

「お腹《なか》すいている？」

女は首をふった。

「今晩どうするつもり？」

返事がないので、さらに言った。

「ホテルに泊ったら？」

女は首をふったが、確信のないふり方のように思われた。薄暗い照明の下で青い目がほのぐらく、間宮はその目の色から何かを摑《つか》みたかったが、ただほのぐらく見えるばかりであった。

収容所へ帰るよりないが、気のりはしない、とやがて女はぼそぼそと言った。

「お金がないならホテルへ連れてってもらいよ」と、前の席から老娼婦が如才なく口をはさんだ。「あたしが知ってるホテルに電話かけてやるよ」

若い女は黙ったままだったが、結局了承した様子だった。老娼婦がさっそく電話をかけてくれた。二人が店をでるとき、老娼婦は間宮に目くばせして、だぶついた頬を崩して笑った。米軍の老曹長がまた嫌な顔をして、ひとしきり彼女を抱きしめ、大きな胴間声《どうまごえ》で唄いだした。なにやら舟乗りの歌らしかった。

車を拾うまえに、間宮は屋台でソーセージを食べた。女は腹はすいていないと言ったものの、ほとんどがつがつと食べた。

彼女はタクシーの中でも無言だった。

「アメリカ人と一緒に行ったことあるか」と訊くと、はっきり「ナイン」と答えたが、そのほかは黙りこくって、痴呆《ちほう》のようにうしろに寄りかかっている。それがまた間宮の心を緊《し》めつけた。

彼の泊っている安宿《パンジオン》よりましだったが、安っぽいホテルだった。受付にいる右頬に傷のある男が、うなずいて、パスポートと証明書を調べて、「十二マルク。二部屋で二十四マルク」と言った。それから男は間宮に向い、自分は戦争中捕虜でロンドンにいた、などと話しかけてきた。間宮のパスポートがロンドン発行になっていたからである。

二階の部屋に入ると、女はのろのろとレインコートをとった。下は白いブラウスだけで、はじめ思ったよりも痩《や》せて見えた。痩せているというより、まだ成熟していないようにも思われた。更にのろのろした手つきでレインコートを椅子にかけている。間宮が自分の部屋へ行ってオーバーだけ置いて帰ってきてみると、彼女はもうやることも思いつかぬという恰好で、ぼんやりとベッドに腰をおろしていた。室内はスティームが通って暖かかった。しかし彼女の頬には血の気がよみがえらず、髪だけが柔かそうに肩にかかっていた。

適当な言葉も見つからぬまま、彼は煙草を吸い終ってから、無言で服をぬぎだした。脱ぎながらそっと女の様子を窺《うかが》うと、それまで気の抜けたようにベッドに腰かけていた彼女は、ふいに立上り、下をむいてそろそろと白いブラウスを脱ぎはじめた。ぎごちなくそろそろと、それから急にそそくさとシュミーズだけになって、先にベッドの中にもぐりこんでいった。

そのどこか投げやりな諦《あきら》めきったような態度が、三たび間宮の心を緊めつけた。

ベッドは粗悪なものではなかった。大きなふわふわした枕で、頭をのせると、そのまま沈みこんでゆく感じである。

あちらを向いている女は、手だけ毛布からだしていて、その腕が異様なほど白く見えた。いくらか節くれたような指だった。

間宮は彼女の髪をそっといじり、やせた肩を撫《な》でた。身を固くしているのが感じられた。それから女はだしぬけにこちらを向いた。冷たい額にキスをすると、彼女はじっと目をつぶったままで、ただ口の辺《あた》りがひくひくと動いた。口紅もつけていない、乾いて色あせた、それだけかえって若々しい唇であった。

女がはじめて目をあけたとき、間宮は訳もない動悸《どうき》を覚えた。その青い瞳孔が、思いがけぬほど澄んで、うるおって、非常にいじらしく見えたからである。

「こんな経験、前にあるかい？」と言ってしまってから、彼はそんなことを訊いた自分に腹が立った。幸い、彼の言葉は女にはよく通じなかったようだった。

「前に、恋をしたことある？」と間宮は言いなおした。

彼女は首をふり、ボーイフレンドはいた、東独の警官だった、と答えた。間宮は『星のない空』のいくつかの情景を憶《おも》いだした。犬の遠吠えのこだまする陰鬱《いんうつ》な夜空のことを。

「君は幾つ？」

君《ドウ》という呼びかけがこのときごく自然に出た。

「十七」

「ええと、名前はなんだっけ？」

間宮は言ってから少し可笑《おか》しくなった。それまで名を訊くことも思いつかなかったのだ。女も気がほぐれたらしく、ためらうように白い歯を見せた。

「アルムート。アルムート・マイスナー。あなたは？」

「アキラ・マミヤ」

「そう？　アキラ、アキラ」女は低く口のなかで繰返し、また白い歯を見せた。

その口の上に、間宮はそっと自分の口を重ねた。そして、やがて彼女の唇が自分から彼の唇を求め、閉じた睫毛《まつげ》がふるえるのを見たとき、彼はこの娘を恋していた。

間宮はとうに三十歳を越していたが、まだ独身だったし、結婚しようという気持もなかった。何年かまえに生れて初めて遅い恋をしたが、いろいろな事情からその女と一緒になることはできなかった。もう二年余、二人はずっと会っていない。しかし日本にいたときは月に一度だけ電話で声を聞きあうことにしていた。お互いの安否だけを尋ね、それ以上何も言わずに受話器をかけるのである。だが、そんなことを繰返していても、一緒になれそうな事態は永久に訪れそうになかった。間宮はときどき女を買って暮した。伝《つて》があったのを幸い急に英国に、更にドイツに来るようになったのも学問のためばかりではなかった。こちらに来てからは、間宮は研究室にこもって勉強をし、異邦人ということもあったが一度も女に近寄らなかった。

しかしそのとき、彼はこの娘に恋していた。恋ではなかったかも知れないが、もう二度と味わうことはあるまいと思っていた不思議な過去の心情に浸っていた。そんな心情のなかで、彼は、瘦せた女の身体を愛撫した。

その夜、間宮は妙にやるせない、後悔がましい夢を見つづけた。夢のなかで、まるで幼な子のように泣きたい気持になったりもした。

目を覚ますと、朝になっていて、白っぽい光がカーテンの隙間から流れいっている。女は先に起きていて、すでに白いブラウス姿になっていた。彼が目ざめたのに気づくと、彼女はベッドのそばにきて、間宮の髪をいじったり、眉毛のあたりにそっと口をあてたりした。間宮も仰向いたまま同じ仕種《しぐさ》をし、女のやせた肩を撫でた。しかし、昨夜のふしぎな心情は消えてしまっていた。彼女はもう彼の心を波立たせず、まずしい、うらぶれた、一人の若い異国の娘にすぎなかった。

それでも、以前から親しかったような隔てのなさがそれに代っていた。アルムートと呼びアキラと呼ばれると、一層その感じは強まった。

ルーム・サービスを頼み、部屋に朝食を運んでもらった。食事をしながら、昨夜はほとんど聞かなかった彼女の身上話に沈んだ気持で耳をかたむけた。ところどころ意味がわからなかったが、父親は戦争で死に、母親だけが残っているという話であった。

「東独にいるの？」

女はうなずき、粗末な黒いバッグを開け、角封筒の手紙を取出した。母親からのものだという。東独共産党書記長ウルブリヒトの横顔の切手が貼られてあった。間宮は宛名の文字を眺め、そのまま手紙を彼女の手に返した。

もう別れるより仕方がなかった。彼女自身そのつもりでいるらしく、それでも愛想のつもりか、アキラと会えて嬉しかった、などと言った。

昨夜あの老娼婦に、幾らくらいやったらよいかと訊いたとき、素人だから特に金をやる必要はあるまい、ちょっとしたものでも買ってやればいいだろうとの返事だったが、もちろん間宮は金を与えるつもりでいた。しかし、今は金をやりたくはなかった。とうに不思議な気持は消えてしまっていたが、単に一人の女を買ったにすぎないという意識を持ちたくなかった。それでも、金が要《い》るかと訊いてみると、彼女は何遍も首をふった。出しても受取りそうにない顔つきだった。

帰り支度《じたく》をしていて、ベッドのわきになにか落ちているのを間宮は拾いあげた。彼女の身分証明書であった。女はトイレットに行っていたので、彼はなにげなくポケットに入れた。そして部屋を出るときにも、友人のするような軽い抱擁のためか、旅人の感傷がつよくおしのぼってきたためか、それを返すのを忘れてしまっていた。或いは間宮の無意識のなさせたわざで、このままずっと別れてしまいたくないという気持がひそんでいたためかもわからない。

バスの停留所まで送ってゆくことにして、二人は相も変らず曇りきった空の下の舗道を歩いた。革のレインコートを着た男が行き、自転車に乗った男が行く。黄色い二階建ての大きなバスが通る。緑色のオーバーを着た背の高い警官が街角に胸をはって立っている。

彼女は間宮の腕をとっていたが、固い、そのくせどこか放心したような顔つきであった。もう話すこととてあまりなかった。

途中、小綺麗《こぎれい》な雑貨屋の店がひらいていて、ショーウィンドーの前で彼女はふと立止り、なかを覗《のぞ》きこんだ。間宮はとっさに訊いた。

「なにか欲しいものある？」

女はこちらを見て、少したためらって、低い、すまなそうな声で、実はストッキングを欲しいと長いこと思っていた、と答えた。非常にひかえ目な言い方だった。しかし、もっと高価なものを買ってやるよりそのほうがよいかも知れなかった。

間宮は店にはいって、女の言うとおりにありふれたストッキングを二つ買った。一つでいいというのを、二つだけ買った。一つ六マルクであった。

それでも女は包みを受取ると、嬉しそうに間宮を見あげ、低い声で「ほんとに有難う」と言った。

バスの停留所まできて、切符代として一マルクだけ渡した。女はまた低く「ダンケ」と言った。

「これでいいの？」

「ええ」

中年のぎすぎすした女がやはりバスを待っていて、二人をじろじろと見た。バスはなかなか来ず、ようやく黄色い四角ばったその車体が街角に見えたとき、間宮はかえって安堵を覚えたほどだった。「さよなら」を言い、女を乗せてしまうと、彼はそのまま背をむけた。しかし、動きだそうとしたバスの気配を感じたとき、なにか思いもかけなかった痛みが彼の心をつらぬき、彼は衝動的にふりむいてアルムートの姿を求めた。バスの窓硝子《まどガラス》ごしに、彼女の曇った顔がこちらを向いていた。硝子ごしにその表情がうごき、口がうごくのがわかった。しかし、もとより何も聞えはしなかった。にぶい響きを残してバスは去った。

雨もこないのに湿っている街路を一人で歩きながら、間宮の心はかすかに痛み、後悔がましい昨夜の夢のつづきを見ているような気がした。それからだしぬけに彼女に証明書を返すのを忘れたことを思いだし、彼はその場に立ちどまった。

緑色のかたい表紙の証明書を開けてみると、実物よりももっと少女っぽい、もっと栄養のわるそうな感じの写真が貼ってあり、いつ東独より逃走して云々《うんぬん》ということが書きこんであった。収容所は調べればわかるから郵送してやればいいだろうと間宮は考え、もう一度アルムートの小さな写真を眺めた。瘦せて頰のこけた顔だったが、その瞳《ひとみ》はやはり彼の心に触れてくるものを含んでいた。

三日ほど所用のために忙しい日がつづき、間宮がベルリンにきた表向きの目的はそれで終った。あとはいくらかの見物をしてボンに帰るばかりだった。用が済んでしまうと心はひとしきり空虚で、定められたように薄暗い天候がそれを駆りたてた。

その夜、彼はあてもなく街を歩き、二階建ての黄色いバスに乗り、ついでまた街路から街路をたどった。途中いくらかの酒を飲むと、ますます索寞《さくばく》となる気持をどうするわけにもいかなくなった。いつしか彼は選挙侯通りをよこぎり、いつかの晩アルムートに出会った裏通りを歩いていた。彼はまだ証明書を彼女に送っていなかった。収容所の番地は調べてあったが、つい所用にまぎれて送るのを怠っていたのだ。明日は必ず送らねばいけないな、と彼は思ったりした。まだ時刻も早いので街にも活気があったが、ソーセージを売る屋台や、レインコート姿の学生が恋人と歩いているのや、夜の女が呼びかけてくるのはこの前の晩のとおりであった。夜空は曇りきって暗く、もとより星も月もみられなかった。ところどころネオンがすべすべした路上に美しい色彩を映していた。

見覚えのあるバーの入口を見つけると、間宮はためらわずそこをくぐった。愚かしいことだったが、ひょっとしたらアルムートに会えはしまいかという予感がしないでもなかったからだ。

しかし、もちろんそんな姿は見られなかった。客も少なく、二、三人のアメリカ兵がスタンドで飲んでいるだけだった。ただこの間の老娼婦がいて、笑いながら向うから近寄ってきた。客はついていないようだった。彼女はもういくらか酔っていて、間宮の席にくるとしつこく前の晩のことを訊きはじめた。

「本当にチェリーだったか?」とも言ったが、チェリーとは処女というGIスラングである。本来は童貞という意味なのだが、ドイツの女が誤って転用した言葉である。

間宮はわからないふりをして、彼女にビールをおごってやった。この初老の、肥満した、気のいい老娼婦は、コップを一息であけ、いっそう陽気になって間宮に説いてきかせた。あんたの彼女はなかなかいい、ぜひもう一度会ってやれ、彼女だって待ってるにちがいない、収容所に尋ねて行くがいい。

そう話されると、そうするのが当然のような、ぜひそうしなければならぬような気持が湧《わ》いてきて、抑《おさ》えつけることが難しかった。どうしても、もう一度だけ会いたかった。もう一度会って、改めてさよならを言ってからボンへ帰りたかった。どうせ証明書を返さなければならぬのではないか。

「じゃあ、そうする。明日収容所へ会いに行く」と間宮は言った。

「そう、そう。あんたは物分りがいい」

老娼婦は薄い服につつまれた肥った身体をゆすって陽気に笑い、ビールを一息に飲みほした。

次の日、間宮は本当に収容所を尋ねていった。自分でも可笑《おか》しいほど、年甲斐《としがい》もなく落着きのない気持であった。収容所は破壊された建物の跡らしく、塀だけが石造りで、内には木造のバラックが幾棟《いくむね》も建っている。塀は低く、老人から幼児に至るとりどりの男女が生活しているさまが、外から一目で窺《うかが》えるのである。

門衛に彼女の名を言って尋ねると、電話をかけて調べてくれた末、相手は言った。

「あなたは外国人だろう。アメリカの係りのところへ行ってくれ」

教えられた小さな部屋に行くと、長身の若い米人の情報部員が、机の上にフランス語の本をひろげて読んでいた。彼はあから顔をふりむけると、なんだか照れたみたいに本を閉じ、非常に事務的な口調で言った。ガールフレンドを捜しているのか、お気の毒だが、アルムート・マイスナーはいま警察に留置されている。

「どうした訳です？」驚いて間宮は尋ねた。

証明書を持っていなかったのだ、今こちらで再発行する手続きをしている、べつに心配はない、それが済み次第釈放になるだろう、という話であった。

ドイツ人であっても証明書を持たなければすぐ留置されるという事実に、間宮はこのとき初めて気がついたのだった。してみると彼女は証明書を持たぬまま職を求めて街へ出ていったのだろう。間宮はさらに落着かなくなった。すべてが自分の責任のようで、警察へでもどこへでも行き、彼女のために一言弁じてやらなければ、という気持が強くおしのぼってきた。それも非常に性急な欲求で、一刻も愚図愚図してはいられない衝動であった。

　収容所を出ると、彼はすぐにタクシーを停めた。一見いかつい顔をした運転手だったが、話好きと見えて間宮にいろいろと問いかけ、それは警察へ行ってみてもまた何処《どこ》へ廻されているかわかったものじゃない、どうです、女が見つかるまで二十マルクでは？　などとメーターを倒すふりをして言った。

「高すぎる」

「じゃ、十マルク。女って奴はさがすとなるとなかなか見つからないものですぜ」

　警察というところはどこの国でも似たような雰囲気をもっている。受付で、身分や用件をこまかく問いただされて長い時間をとった。いらいらしながら間宮は待っていた。緑色の制服の警官が忙しく出入りしているが民間人は少ない。ショールで頭をつつんだ老婦人が一人、おぼつかない足どりで廊下を歩いてゆく。額にかなり突出した瘤《こぶ》があり、とがった鉤鼻《かぎばな》に義眼みたいな目をしている。魔法使いの婆さんに似ているな、と間宮はちらと思った。

　ようやくのことで一室に通されると、これから肥満のきそうな年齢の、どこか精力的な感じの婦人警官がいて、アルムート・マイスナーは取調べが済んで次の建物に移っている、そちらへ行って欲しいといって、頑丈《がんじょう》そうな腕をあげて道順を教えた。

間宮は一人で森閑《しんかん》とした薄暗い廊下をたどり、階段をのぼった。あちこちの部屋からタイプを打つ音が、まるではげしい雨音のように聞えてくる。彼はいくらか心細くなってきた。なぜ自分はこんなタイプの音のひびく薄暗い廊下を歩いているのか、アルムートについて一体何を言いにきたのか。間宮は固い廊下に伝わる自分の跫音《あしおと》にだけ耳をすませながら歩いた。

教えられた保安課の主任というのは、五十歳ばかりの、頭の毛の薄くなった痩せぎすの男であった。生れつきの顔なのだろうが、苦い薬をいま嘗《な》めたばかりという顔をしていた。そいつが、くどくどと、わかりにくい早口で、なぜ彼女に会いたいのか、どういう理由だと問いただすので、間宮はますますうんざりした。

それでも彼は、憂鬱に疲れた頭の隅で語尾変化なぞに気を使いながら、アルムートの件は自分の責任のような気がするのだ、できるだけ早く彼女が釈放になるよう取計らって貰いたいのだ、という意味のことを一生懸命に述べたてた。

「ふむふむ」と主任がなんとも渋い表情で言った。「それで、あなたは彼女を好きなのか」

「好きです」と間宮は答えた。半分は面倒臭かったのである。「非常に好きです」

傍らの机に三十歳ほどの女秘書がいた。決して美人ではなく、親しみにくい鋭い顔立ちだったが、彼女は間宮の話に共鳴するところがあったのか、或いは単なる親切気からか、途中から主任にしきりと早口で話しかけだした。あまり早いので間宮にはほとんど通じなかったが、とにかく自分のために主任をくどいてくれていることだけはわかった。彼女は話の合間にこちらを見て、安心しろというようににっこり笑いかけたりもした。

ついに主任は、特別製の苦い薬を一息に飲みくだしたという顔をして言った。

「彼女はこれから身体検査を受けねばならない。何でもなかったら釈放されるだろう。あなたも一緒に衛生局へ行ってかまわない」

それから彼は電話をかけた。相変らず苦い表情を崩さないまま。

五分も待っていると、ドアが開いた。そして、いつかの晩会ったときのように、痴呆のごとく無気力に、レインコート姿のアルムートが私服の警官に連れられてはいってきた。

彼女は間宮を認めた。すぐ下をむき、そのままうなだれて立ちすくんだ。しかしうつむいている彼女の両眼から、まるで芝居かなんぞのようにたやすく涙があふれ、頰をつたって流れるのを彼はたしかに見た。

女秘書が間宮をふりかえってにっこりした。それから彼女はじっと立っている若い娘に、この日本人がなぜここに来たかを早口に説明しだした。アルムートはうつむいたきりで、聞いているのかどうかわからなかったが、ふたたびぽろぽろと涙をこぼしはじめた。

「さあ行こう」と、アルムートを連れてきた私服が大きなほがらかな声で言った。

彼はずんぐりと肥った飲手らしい感じの男で、なによりも甚《はなは》だ愉快な性格の持主のようだった。部屋にはいってきてから秘書の話のあいだにも、口こそはさまなかったが、なんとも愉快そうにもじもじと手をゆすっていたものだ。

間宮は主任や秘書に礼を言っていたので、部屋を出るのが少し遅れた。廊下の向うでアルムートと私服がエレベーターに乗りこむところだった。扉のない箱を幾つも重ねたようなエレベーターで、彼が駈けつけたときそれはさがりはじめ、アルムートの下半身が隠れようとしていた。そこに間宮は急いでとびおり、少なからずよろけた。それを見て私服の男はさも愉快そうに笑った。

このずんぐりした男は身体つきからして循環気質の持主と見えたが、衛生局へ行く自動車の中でも、さかんに持前の噪々《そうぞう》しい性格を発揮しだした。間宮の肩を叩いては、いや実にいい話だ、ホットロマンスだな、などと言って一人で笑声をあげるのである。アルムートは私服の向う側に黙りこくっていた。私服が一人で悦に入ってしゃべった。笑っては間宮の脇腹を突ついた。間宮は仕方なしに頷《うなず》いてばかりいた。

「あなたは運がいいな」と、私服はうなだれているアルムートの肩を叩き、くすくす笑った。

「日本に連れて帰る気か？」今度は私服は間宮にむかって言い、愉快げにずんぐりした体軀《たいく》をゆさぶると、またもや間宮の横腹を突っついた。

衛生局につくと、私服はアルムートを連れて内部に入り、間宮は一人きりで外で待った。玄関の前にかなり広い花壇があり、黒い土がならされてある。もとより花は見られず、芝が黄いろく霜枯れていた。所在なしに間宮はその脇を数歩あるき、むきを変えてまた数歩あるいた。今日もまた低く雲のたれこめた空である。

「ヘーイ、ジョー」という嬌声《きょうせい》が上から降ってきて、見あげると、三階の窓から一見して夜の女とわかる二、三人の女が首を出し、こちらに呼びかけているのだった。

「ジョー、あんたに話があるよ」

女たちはいろいろと野卑な英語のＧＩスラングを使った。

間宮は空に目を移した。重苦しくどんよりと雲がたれこめ、いつになったら晴れた空が見えるのか、一体、太陽や星のあるそんな空があるのか疑われてくるような雲のたれ具合だった。

十分ほども待ったか、意外に早く私服とアルムートが出てきた。おそらく性病があるかないかの簡単な検査だったのだろう。

私服は間宮の前までくると、女の腕をとり、もったいぶって差しだすようにして言った。

「これであなたは自由だ」

彼はいわゆるバタパンを食べたあとのようにRの音を器用に舌先で丸めた。それから、幸福を祈るとか、俺もこんな目に会ってみたいとか、ひとしきり愉快げに身体をゆすってしゃべったのち、あっさりと自動車に乗って行ってしまった。

間宮は、かたわらの女を見た。彼女は無表情にそこに立っていた。薄いレインコートにつつまれて、貧しく、うそ寒げに。その柔かそうな茶色の髪のうねる小さな頭には、なんの考えも浮んでこないようだった。

「行こう」と間宮は言って、歩きだした。

女は無言で従った。うつむいたまま並んで歩いた。

さっきよりも空はどんよりと曇っていて、雨になるのかな、と間宮は思ったりした。いつの間にか霧のように降っていてびっしょりと道路を濡らし、またいつの間にか気づかぬうちに降りやんでしまう、いつもそんな雨なのである。しかし空気は湿っぽく冷えきっているものの、このときはまだ降りだす気配はなかった。

小路の入口に焼栗《やきぐり》を売っている老婆がいた。丸い鉄製の容器から栗をつかみだしている。子供たちがまわりに集まっている。地味すぎてあまり似あわない黒い帽子をかぶった可愛らしい少女が、買物籠《かいものかご》を脇にかかえて栗を買っている。ここら辺りには古びた建物が多い。明らかに爆撃の跡を修理したものも目につく。やがて道は広い街路に出た。

「ひどい目に会ったね」しばらく無言で歩いたのち、間宮は言った。

それでもアルムートは黙りこくっていた。

「申訳ないことをした」

「あなたのせいじゃないわ」呟くように女は言った。

「これからどうするつもり?」

彼女は片腕を間宮の腕にあずけ、うつむいて歩きながら、その茶色の長い髪につつまれた小さな頭には、やはりなんの考えも浮んでこないらしかった。

いくらか経《た》ってから、女は低く言った。

「収容所に帰るわ」

それから不意に立止ると、大きく瞠《みひら》いた青い目でまっすぐに間宮の顔を見つめた。

「アキラ、バスの停留所まで送って」

間宮はうなずいた。それ以外なんの方法があったろう。

この娘は明日からまたあてもなく街を歩きまわることだろう。なんとか勤め口が見つかるといい。

「向うまで送ろうか」

「いいの、バスの停留所まで」

停留所には人影がなかった。

間宮はいくらかの紙幣を無理に彼女の粗末なバッグの中におしこんだ。もちろん些《さ》細《さい》な額で、彼女の心をも自分の心をも傷つけないほどのものであったが。アルムートは少し拒んでから、目を伏せて低く、「ダンケ」と言った。

二人はしばらく街角を眺めながら話もなく佇《たたず》んでいた。

思いだしたように、若い女は少しこごんで自分の足を指し、——それは裾の長いレインコートのため、平たいかなり傷《いた》んだ靴をはいた先のほうしか見えなかった——「アキラ、あなたにもらったストッキングをはいている」と言った。

二階建ての黄色いいかめしいバスが近づいてきたが、行先が違っていた。

「寒くない？」

「いいえ」

それから彼女は呟くように訊いた。

「いつベルリンを発《た》つの？」

「……二、三日のうちだ」

「そう」

雲がこれ以上低くなれないほど低くたれこめ、空気は湿って冷たかった。むこうの街角に虚脱したように目をやっている女と、これ以上一緒に佇んでいることが、間宮には急に堪えがたくなってきた。結局、そうする以外なんの方法があったろう。

「さようなら《アウフ・ヴィダーゼーン》」と、彼女の額の辺りに間宮は言った。

こちらを見あげた女のほのぐらくうるおった目を彼は見、痩せた身体を固く抱き寄せた。その頬は冷たく、頬骨の感触がした。それから彼は身体のむきを変えて歩きだした。

彼はふりむかずに歩いた。もう夕刻に近いのだろうか、街路には薄明が漂っていた。煉瓦《れんが》造りの建物がくすんだ色に立ちはだかっている。路上をオートバイがにぶい音を立てて過ぎ、オーバーの襟を立てた男たちが急ぎ足に過ぎてゆく。

間宮の心は嘗てなく空虚で、曇りきった空よりも憂鬱であった。二、三日後、彼はこの都会を去って行くだろう。彼が初めてテンペルホーフ飛行場に着いたのは何日前だったろうか。空から見ると、森林の多い黒々とした東独国境を越えてベルリンに着くわけだ。空港というものは慌《あわただ》しい中に特有の空虚さがある。各国の大型機がひっきりなしに発着し、さまざまな人種の旅人がバッグをさげて行きかっている。その合間を案内を告げる場内アナウンスが縫ってゆく。それははじめドイツ語で、さらに英、仏語で繰返されるのだが、またあの重々しいアナウンスを聞き、それからあの黒々とした国境地帯を越えてゆくのであろうか。

空は抑《おさ》えつけるように曇りきり、空気は湿って冷たかった。街角まで来たとき、はじめて彼はふりかえってみた。

バスの停留所には、三、四人の人が立っていた。そしてアルムートもまだそこにいた。レインコート姿でうす寒そうに、ぽつねんと前をむいて立っていた。しばらく見ていても顔をあげる気配もなかった。街路《シュトラーセ》にはもう薄明が漂いだしていて、彼女がどんな表情をしているのか、見とどけることはできなかった。

谿間にて

1

終戦の年の秋、島々《しましま》の宿場から徳本峠《とくごうとうげ》を越えて上高地に入る谿間《たにま》の道は、むざんに荒らされた。宿場の川ぞいの家々が浸水したり砂に埋れたりしたほどの大水が出たのである。

私が実際にその有様を見たのは翌年の四月中旬のことだったが、当時、私は松本の高等学校の生徒で、毎日嫌になるほど腹を空かしていた。その日も私は登校する代りに島々線の電車に乗り、途中の駅で下車して付近の農家を歩いてみた。すると思いがけぬことに、二升あまりの米を手に入れることができた。これは大変な事件というべきで、寮にいる私達はたまに入手した米を飯盒に一つ炊き、五六人でわけ、乾燥味噌をかけて食べるのが何よりの御馳走だったのである。もちろん私はその米を寮に持帰り皆とわけあうつもりだったが、その前にせめて二合、いや四合の米を炊き、一人きりで食べてしまいたいという誘惑を防ぐことは難しかった。腹一杯飯をつめこんだ記憶などここしばらく私には見当らなかったのだ。私はその計画と一緒に、ちょっと島々谷まで足をのばして、噂に聞いた洪水が谿間をどれほど変らしたかを見て来ようと考えついた。いったん思いたってみると、背のリュックザックには飯盒はあることだし、米袋はずっしりと重く、どこといって具合の悪いところはなかった。

そうして着いた島々の宿場には、まだ洪水のなごりが歴然としていた。土砂に埋れて見捨てられた家を横に見て谿へはいってゆくと、破壊の跡は益々《ますます》あからさまになってくる。しばらく応急の新道を行き、ようやく見覚えのあるトロッコの軌道に出る。しかし銹《さ》びた線路は或いはおし流され、或いは折曲って土砂にうまり、流木や大石が散乱して行手をふさぐのである。まさに荒涼そのものといった光景であったが、それでも仔細に眺めると、崖下にはみずみずしい緑が覗き、灌木は赤っぽい芽をふこうとしていた。

そのときの私について述べれば、なにぶん精神的にも思春期であり、かつ極度の空腹のため尚のこと感傷的であったようだ。それゆえ、この人気のない谿間の風物は私の胸に沁みた。たとえば私は自分を荒れはてた自然の一部だとも思ったし、そのふところに抱かれているのだとも感じることができた。するといくら自分の米だとは云え、一人きりで何合かを食べてしまうことに後ろめたい気持まで湧いてきた。薄曇りの空からときどき日ざしの洩れてくる肌寒い日で、知らず知らず私の心はしめってきた。

しばらく歩いた頃、道は渓流にむかって崩れおちていた。川筋が変って行手が閉ざされているのである。私はその場にリュックザックをおろし、ひとまず昼食として持参した高粱のにぎりめしを食べることにした。鰐間の静寂をかきたてる瀬音に耳を傾けながら、私はぼろぼろした赤い高粱《コウリャン》の飯をゆっくりと嚙んだ。——と、そうしている私のほかに、なにか生き物の気配がした。ごく微かな気配、極めて小さな生物がそこらを目まぐるしく飛びまわっているようだ。あまり速すぎるので正体を見極めるまでにかなりの時間がかかったが、それはヨツボシセセリモドキと呼ばれる昼間とぶ蛾の一種であった。暗褐色の小さな地味なその蛾は、荒廃した鰐間の風景にいかにもふさわしい生物のように思われた。

私がそんな名称を知っているのは子供の時分から昆虫採集に熱中していたからで、信州の学校を志望したのも、この地に珍しい種類が多いというのが理由の一つでもあった。しかしさて入学した時には戦災で標本も何もかも失われてしまっていたし、戦争が終ってみても仲々昆虫採集どころの話ではなかったのである。が、そのときこの無人の鰐間で、平地には見られぬ珍しい蛾が飛びめぐるのを見守っていると、忘れかけていた嘗ての心情が徐々に蘇ってきた。私は現在の自分を顧み、食べることに齷齪《あくせく》するのが嫌になったが、すでにそのとき握り飯をすっかり食べ終っていたせいもあったろう。それでも私は、時間もまだ早いことだし、この場ですぐ飯を炊くのは一応中止しようという結論に達した。

私は靴の濡れるのもかまわず川の流れに踏みこみ、岸伝いにしばらく遡《さかのぼ》ってみた。岸のくずれた箇所を見つけ、這いあがると、そこが道の続きであった。私は先へ先へと進んで行った。瀬音はどこまでも単調で、谿をはさむ両側の崖の岩は冷くくすんでいる。この辺では春はまだやってきていない。谿は、枯れて、沈んで、うそ寒かった。

道は崖の中途にあやうく組まれた丸太の上を通ることもあった。そうかと思うと、急に広まった河原の砂地に降り、流木がほしいままに散乱した中を行くようになったりもする。日当りのわるい崖下に、溶け残った雪があった。崖の上から渓流にむかってなだれおち、固く凍って、表面はどすぐろく汚れ、溶けきるまでにはかなりの日数がかかりそうに見えた。歩くにつれ、春の気配が遠のいて行き、日がかげると一層それが目に立った。

次第に荒涼とした雰囲気が私を圧しだした。谿は人間を迎えるどころか、毅然として拒否する荒々しい風貌をおびてきた。見あげると、両側に迫る山は思いがけず高く、灰色の空が随分に狭められてしまっている。そうした中を、私は長いこと歩いた。道がふたたび崩れていて、横たわった朽木を越え、ころげている大岩を苦労して迂回《うかい》した。——と、そこに、うす穢《ぎたな》くうごいている人間がいた。

正直のところ私はぎくりとした。樵夫《きこり》にも出会いそうにない場所だったからである。その男ははじめ背を丸めてかがみこんでいたときには小柄な老人とも思えた。しかし立上ってふりむいたところを見ると、もっとずっと若く、くろく日焼けして妙に精力的な顔つきをしている。皺の刻まれた額の上方はいくらか禿《は》げあがっており、くぼんだ眼窩《がんか》の奥に、小さな、陰険そうな目が光っていた。薄汚れたフランネルのシャツの袖をまくりあげ、古びた軍隊ズボンをはき、手には泥にまみれた小型のスコップを持っている。

男はいかにも不機嫌げに私を見やった。まるで断りもなく自分の領地にやってきた侵入者を詰問するような目つきである。彼は眉をひくつかせた。そげおちた頰の筋肉をふるわせた。なにか云おうとして、そのまま口をつぐんだという恰好である。一方、私もとっさに口をききかねた。山で行きあう人達とかわすひとことの挨拶が、この男に対してはどうにも出てこなかったのだ。私達は一瞬お互に見つめあい、目をそらし、それから私は歩きだしていた。それでも私は男のそばを通るとき、ほんの好奇心からその場の様子を盗み見た。スコップで掘ったらしく、崖下にかなり深い穴ができている。しかし私は、彼が一体何をしていたのかといぶかる気持より、一刻も早くその場から遠ざかりたかった。ところがそのときになって、相手は後ろから声をかけたのである。

「その道は行かれんよ」

それはおそろしく濁った声だった。ひどくぶっきら棒で、どうしても好感の持てそうにない声であった。私はふりむいたがやはり言葉は出ず、その男がへんに依怙地《いこじ》そうな顔つきでこちらに首をむけているのを見た。もう一度彼は云った。

「すぐそこで行きどまりだ」

「行かれないんですか」はじめて、そんなふうに私は問い返した。

「行かれんよ。橋が落ちているんだ」

どうしたものかと私は戸惑った。私にしてみれば、どうせ行先は決めていないのだし、歩けるところまで行ってみたかったのである。しかし黙って行ってしまうのはいかにも相手を無視するようだったし、そうかと云ってそのことを説明するのは尚さら億劫《おっくう》であった。私は身体のむきを変え、男の方へと引返した。

「帰るんかね」まるで難詰するような訛声《だみごえ》で相手は云った。

私はうなずき、かすかな好奇心も手伝って男と向かいあって立止った。

「高等学校の学生さんかね」

「ええ」

見るとはなしに私は、男の足元にある雑嚢《ざつのう》からガラス管が覗いているのに気がついた。一方が金網になっており、昔私が使ったことのある採集びんにそっくりである。

男の風態とそうした器具とがあまり不似合であったから、私は元きた道を引返す代りに、煙草を取りだし、相手にも差出してみた。配給があったばかりのことで、私は巻煙草を十一本持っていた。

「いや、俺はいいさ」

男は案外狼狽《ろうばい》したふうに手を振ったが、結局煙草を受けとり、受けとってしまうとかたくなな顔つきがいくらか和らいできたようだった。半ば愛想《あいそ》のように彼は訊いた。

「何しにこんなところに来たんだね」

「何しにって、べつに……」

「ただ山を歩いてるって訳か」

「まあね」

男はふいにおし黙った。なにか内心でためらっているようだった。

「それじゃ学生さん、俺がここで何をしているかわかるかね？」

そう訊いたとき、確かに男の声の抑揚が変った。何事かを打明けたいというだしぬけの衝動からか、その小さな陰険そうな目はにぶく光ったのである。

「俺はな、蟻の巣を探してるんだ、蟻の巣をな」と、こちらにかまわずに相手はつづけた。「可笑しいと思うかね。或る特別な蟻の巣なんだ。ははあ、わかるまいな」

彼は酔ったみたいに唇を歪めて話した。舌なめずりという言葉が当《あ》て嵌《はま》りそうな話しぶりである。「そいつを掘り起していってな、もしも、そこにちっぽけな芋虫を——いいかね、そいつは蝶の幼虫なんだぜ。もしもそいつを見つけだせばだよ、学生さん、こいつがどうして大したものなんだな。あんたには判るまいがね」

「じゃあ」と私は思わず口走った。「ゴマシジミの幼虫じゃあないんですか?」

ゴマシジミというのは最も不可思議な生活史を有する小灰蝶《しじみちょう》の一種である。山地に産するこの瑠璃色《るりいろ》をした可憐な蝶の幼虫は、四齢になると食草から離れ、クシケアリという蟻の巣にはいりこみ、蟻の幼虫を食べて大きくなると云われている。これは近似の種類の外国に於ける研究の結果だが、日本のゴマシジミが果してどのような経歴をへて成虫となるか、当時はまだ探られていない謎であった。してみると、いま目の前にいるこのむさくるしい初老の男は、案外むかし私が憧れていたような隠れた研究家なのであろうか。

しかし私の言葉を聞いて、相手はもっと驚いた様子だった。彼は疑いぶかい目つきでじろじろと私を眺めまわした。

「あんた、昆虫を集めたことがあるんだな?」

「昔ですけどね」

「それじゃあきっと、標本を買ったこともあるだろうね」

私は瞬間、実に懐しい幾つかの情景を憶いだした。せいぜい三四年前の事柄であったが、遥かに遠い過去の記憶のような気がした。私の家の近所に採集器具と標本を売る専門の店があり、硝子戸棚《ガラスとだな》の中にはいつも美麗な外国産の昆虫が展示されていた。どれもかなり高価で、中学生の私にとっては贅沢にすぎる買物であったが、私はどうしてもその何匹かを購《あがな》わざるを得なかったものだった。

「俺はな」と、しゃがれた男の声が私の追憶を打消した。「俺はむかし蝶の採集人だったのさ。標本屋とか博物館にやとわれてな、朝鮮や琉球にも行ったし、台湾には何度も行った」

私はあらためて相手を見やった。やはり意外だったからである。

「学生さん」と、男は急になぜかせきこんだふうにつづけた。「あんた、フトオアゲハという蝶を知っているかね」

肉のそげた頰がひくひくと動き、くぼんだ眼窩の奥から為体《えたい》のわからぬ熱っぽさをおびた目がじっとこちらを見つめている。それは確かにあまり気持のいいことではなかった。——私は無言でうなずいた。

「ははあ、知ってるだろうな。そりゃ知ってる筈だ」と、男はさも満足したように乾いた上唇を嘗めた。「だが、フトオアゲハの標本が一体世界に何匹あるか、あんた知っているかね。俺はな、学生さん、そのフトオアゲハとちょいと関係があった訳さ。ちょいとどころじゃない、あいつのためにはどえらい苦労をさせられてな、俺はそれから人間が変っちまった。そうだ、学生さん、その話をきかしてあげるか。いや、俺はあんたにぜひ聞いて貰いたいんだ」

こんな具合にして男は話しだした。傍らの岩に腰かけ、性急な訛声で、ときどき上唇をなめながら話しだしたのだ。

断っておくが、もとより彼はこの通りに話したのではない。しかし私の心象の中で、私の夢想を駆りたてながら、確かに次のごとく物語ったのである。

2

「俺はな、学生さん、まったくの無学の男でもないんだぜ。俺はちゃんと農林学校へはいったんだ。高等農林へな。ところがちょうどそのとき家の方がつぶれちまって、それでも俺は百姓なんぞやるのは嫌だから、東京に残って色んなことをやった。あんたなんか知らないような色んな商売をな。そんなことをしているうちに、ひょんなことで或る標本屋に頼まれてね、蝶を採る商売にはいっちまったんだ。はじめは浅間山にミヤマモンキチョウを採集に行ってな、莫迦莫迦《ばかばか》しいが百姓よりましだと思ったよ。こいつは少しは学問的な職業だからな。二年もするうちに俺はもうひとかどの採集人になっていたよ。もともと俺には才能があったんだろうな。どいつもこいつも一人前の採集人になれるものじゃないさ」一息ついてから彼はつづけた。「まあそんなことは別として、そうだ、もうかれこれ十年以上も前になるかな、その夏俺は台湾にいたんだが、嘉義《かぎ》から埔里社《ほりしゃ》を通って卓社大山って山へ登った。高山植物を依頼した人がいたのでね。嘉義からは軽便鉄道があるが、途中からは台車と云ってね、まあ内地のトロッコだな、そいつを苦力《クーリー》に押させてゆくんだ。案外わるくない気持だぜ、こいつは」

埔里は台湾中部の一盆地の中央にひらけた街である。西海岸から台車線がのびているだけで交通は不便だが、この辺りは世界でも名の知られた蝶類の多産地なのだ。

台車は坂をくだるときは怖しいほどスピードが出るが、逆に急勾配の坂では汗みずくになった苦力が満身の力をこめて押しあげる。もちろん日本人は労《いた》わりの言葉をかけるどころか、台車に置かれた空箱の上にふんぞりかえっている訳だ。そうして台車が進むにつれ、周囲からは五色の雲が湧きたつように、けばけばしい鱗粉に装われた蝶が舞いあがってくる。しかし金のために蝶を採る彼にとっては、それが特に珍しい種類でもないかぎり別段の感動も起らないのだった。

「本当のことを云うと、採集人なんてものはうまく使われたものさ。俺がいくら珍種をとっても、最初のうちは契約した金しか貰えなかった。その頃一匹何十円もする種類でも、こっちはそんなことは知らないのだからね。それで俺は自分で段々と勉強した。できるだけ珍しい種類を採って、しかもその価値を知っていることが大切なんだ。だから蝶の名前だったら、俺はそこらの学者と同じくらいよく知っているよ」

埔里、昔の名で埔里社は、台湾にいる人種の一寸した集会場である。街からして赤煉瓦の支那建築と日本家屋がいりまじり、行きかう台湾人の中に、赤い毛糸の前掛をした霧社《むしゃ》の蕃人や、皮の帽子をかぶったハックの蕃人などが目につく。

彼はブヌン族のハンタラという若者を前から知っていたので、このたびも蝶の採集を依頼した。翅がいたんでないことを条件に、種類をかまわずごく安く蕃人に蝶をとらせるのがこの商売のコツなのだ。

「俺がはじめ損をしたのと同じことを奴等にやらした訳さね。奴等がどんな珍種をとってきても、何喰わぬ顔で百羽ひとからげに買いあげる。この蝶をもっと採れなんて云ってはダメなんだ。奴等はあれで仲々こすいからな。俺は埔里社に二日いて、次の朝には一人で卓社へむかって出発した。荷物はあるし、それにあの植物採集の胴乱って奴は実に邪魔っけな代物だな」

埔里には三度来ていたが、卓社へは初めての旅である。水牛のいる水田地帯を長々と歩いて過抗と呼ばれる蕃社に着くと、そこからは五里の山道だ。凄まじいまでの暑熱。頭上から焼きつくすばかりの光がそそぎ、赭土《あかつち》の地面からはひっきりなしに陽炎《かげろう》がたちのぼる。汗にまみれて喘ぎながら坂を登ると、やがて彼は鬱蒼《うっそう》たる原生林にとりまかれていた。

　ありとある樹木は垂直に、或いは曲りくねってほしいままに伸びている。幹という幹に羊歯《しだ》やシノブの類が根をおろし、蔓が蛇のようにからみ、闊葉樹《かつようじゅ》のこまかい繁みから洩れる陽光に明暗の影を織りだしている。絵具のチューブからそのまま擦《なす》りつけたようなどぎつい原色だ。更にこの豊穣な色彩の中をとびめぐる亜熱帯の蝶と鳥、少しも姿を見せぬ蟬《せみ》たちの大合唱がある。内地の蟬の何倍もの種類が思い思いの声で大森林をゆるがせるのだ。

「俺がもし学者だったら、と俺は思ったね。こいつは悪くない眺めだろうなってな。食いしん坊の男が御馳走の山にとりまかれたようなものさ。だが俺は一介の採集人だから闇雲に捕えるだけだ。しかし俺の手際をあんたに見せてやりたいよ。つまりだね。蝶がそこに来た、駄蝶《だちょう》かどうか完全品かどうかを見わける。そのときにはもうそいつは網にはいっていて、次の瞬間には三角紙に収まっているって寸法さ。俺の三角罐は特大で、三角紙もパラフィン紙でなく薄い水分の通る和紙を使っていた。そうでないと台湾じゃ採集品がむれるんだ。こんなことはみんな、俺が自分で工夫したことなんだぜ」

　夕方ちかく彼は卓社の駐在所に着いた。右頰に嘗《かつ》ての蕃人との戦闘でうけた傷跡のある年老いた巡査が、しまってあった日本酒の一升びんをあけてくれた。昔はこの辺りも護衛つきでなければ山にはいれなかったのである。真新しい蠅帳《はいちょう》が三つもあるので聞くと、油虫が多くて食物でも何でもうっかり置いておけないため、台北からわざわざ取り寄せたという話であった。云われてみると、なるほど壁の隅に幾匹も巨大なゴキブリが貼りついている。内地のゴキブリの二倍くらいあるワモンゴキブリという種類で、彼もそれまでに何回か苦い経験を嘗めている。折角の採集品を一晩のうちに胴体だけ綺麗に喰われてしまうのである。その日の採集品は三角罐から出して紙箱に移す習慣だったが、彼はその晩は箱を丁寧に包んでリュックザックにしまって寝た。巡査の話によると、人間でも寝ているときに顔に喰いつかれたりするとのことであった。

「翌日はいよいよ卓社大山へ向かった。山登りという奴は大体俺は苦手なんだ。俺はたとえばあんたみたいに別に山を歩いて愉しいとも思わんからな。尾根道で、太陽を避けようにも木蔭《こかげ》一つないんだ。その光の強いことと云ったら、とても内地じゃ想像もつかないな。一体あっちの蝶のあんな綺麗な色は、あんな光があるから生れてくるのじゃないかな。それに台湾の山で一番恐しいのは毒蛇で、百歩蛇だのアマガサ蛇だのっていうのがざらにいる。百歩蛇ってのは嚙まれたら百歩行くうちに死んじまうって奴で、そいつをよけるために俺たちは皮の長靴をはいているんだ。これはあんた、そりゃつらいことだよ」

その日は海抜九千尺あたりの平坦な露営地に泊った。栂《つが》の皮で屋根をふいた狩猟小屋があり、一夜をあかすには充分である。近くの沼で濁った水をくみ、焚木《たきぎ》を集めた。空の色がまばゆい輝きを失い、頂上と思われる方角から白い霧がおりはじめた。彼は夕刻までの時間を、附近の草原を弱々しく飛んでいるアリサンキマダラヒカゲなどを捕えて過した。

「そうしているときだった。俺の頭の上を、だしぬけに黒っぽい影が飛んで行ったんだ。もう昏《く》れかかっていて、そいつは影みたいに飛んで行って林の梢を越して見えなくなったが、後翅《こうし》に白と柿色の紋があるのが確かにわかった。さてと俺は考えたね。今の奴は一体なんだ？　ナガサキアゲハかワタナベアゲハの雌か？　そうじゃない。ベニモンアゲハか？　いや、違う。俺はほんのチラと見ただけなんだが、それは長年のカンさ。可怪しいなあと思ったんだが、まあ光線の加減で平凡な種類が変ったふうに見えたのかも知れないと、そのときはそれきり考えるのをやめてしまった」

その夜は寒かった。台湾でも高山の夜は冷える。彼は一度ならず起きあがって、土間の残り火をかきたて、毛布にくるまって寝苦しい夜を過した。

「それに蚤《のみ》がいやがってな。あんな高い所の、しかも不断は無人の小屋にどうして蚤がいるのかな。ほかの小屋でも、日中にはいって行っただけでバラバラとびつくほどいるところがあるんだ。翌朝は暗いうちに起きて、下で聞いた話じゃあどんなにゆっくりしても昼までには小屋に帰りつくというので、荷物をすっかり置き、胴乱と三角罐と網だけ持って小屋を出た」

天気は上々のようであった。黒く沈んでいた山肌が朝の斜光をうけて襞《ひだ》ぶかく浮きでてくる。しばらくは草地帯を行き、ついでニイタカトドマツの小暗い森林の中を登る。空気は身ぶるいするほど冷く、木の根も岩角も厚い苔《こけ》に覆われて真青だ。下草の露にぬれたズボンから冷気がしみこむ。急勾配で、しばしば手を使ってよじのぼる。これがかなり長いこと続いた。

いつしかトドマツの林がまばらになり、ニイタカビャクシンがそれに代った。檜《ひのき》科の常緑灌木だが、この辺では随分と丈高くのびている。その丈が次第に低くなり地上に枝をひろげるようになると、急に辺りに高山の気配が漂いだした。ニイタカキクイタダキのほそい鳴声がする。

視界がひらけ、片側はガレ場となり、斜面にはとりどりの高山の花が風にゆれている。下界の色あでやかな熱帯の花とは異なり、いずれも稀薄な空気に住む清楚な花々である。

「俺は植物にはくわしくないから片端から折りとって胴乱につめこむだけだ。頂上はまだ先らしいが、俺は登山に来た訳じゃないから、その辺りで胴乱を一杯にした。あとはその日のうちに卓社まで降り、新聞紙にはさんで腊葉《さくよう》にしておいて、埔里社から小包で送ればいい。まあ職業柄から見つけられるだけの高山植物を採りはしたがね」

日が高まり、冷えていた肌に快い直射を送ってくる。蝶類はあまり見当らない。そろそろ下山しようと思いながら、彼は茅の上に腰をおろして一服した。なんだか下腹がしくしくするようだ。昨夜の仮寝に冷えたのかも知れぬ。

「俺が立上りかけたときだった。ひょいと見るとな、下の樹林が草地帯に移る辺りから、黒いアゲハが一匹、山腹にそってこっちに飛んでくるじゃないか。一目見て、昨日の奴だ、と俺は直感したな。目の錯覚じゃない。何だかわからないが、とにかく今までお目にかかったことのある蝶じゃないんだ。そのときは俺はもう草っ原の斜面を駆けだしていたね。そいつは真直にこっちに向ってきたんだが、急にむきを変えやがった。俺は夢中で走ったが、最後のところで追いつけなかった。しかし俺はハッキリ見たんだよ。そいつの尾は莫迦に広かった。俺は気がついて叫んだよ、馬鹿野郎、あいつはフトオアゲハじゃないか！　ってな」

フトオアゲハという蝶は昭和七年ごろ台北州烏帽子《えぼし》河原ではじめて発見された珍種中の珍種である。特に変っているのは後翅の尾状突起の幅が広く二本の翅脈を持っていることで、このような鳳蝶《あげはちょう》は他に支那に一種知られているにすぎない。すでに種属保護のため採集は禁止されていたが、今までに採集された数はわずか六匹だけである。彼はそうした話を聞いてもいたし、雑誌に載った原色写真を見せられてもいた。

「だがまさか、そんな所でそいつの実物にお目にかかろうとは思わなかった。口惜《くや》しかったね、実際。あいつを捕えたらどれだけで売れるだろう。むろん俺を雇っている標本屋なんぞに渡しはしない。そっと誰か個人の蒐集《しゅうしゅう》家のところへ持って行けば、値段はふっかけ放題だと思ったね。俺はもうどうしたって、あいつを採らないうちは山を降りまいとまで決心をした」

勿論蝶はどこへ飛んでゆくかわからないが、一匹の蝶の行動範囲は案外ある程度定まっていることが多い。殊にアゲハ類は飛翔力こそ大きいが、蝶道というものがあって、同じ林なり同じ尾根なり、おおよそ一定の道すじをたどるものである。昨夜泊った小屋の附近で見かけ、今日またここで出会ったことから、そのフトオアゲハがこの山をめぐって飛んでいるらしいことが推測できた。

「あいつはきっと戻ってくると俺は信じたな。一日に何回まわるのか知らないが、腰をすえてはりこんでいれば必ずもう一度会えるだろう。昨日の奴と今日の奴が別の蝶だとはちょっと考えられない。だがひょっとして一匹以上いるとしたら、それこそ新産地だし、大発見というものだ。山道を歩くのは嫌だから、俺は運を天にまかせて草原に寝ころんで待つことにした。半分気違いじみているがね。だけどな、特別の幸運があったとしても一生に一度お目にかかれるかどうかわからない珍種を見つければ、誰だって気違いじみてもくるさ。学生さん、あんただってこういう気持、わかるだろう？」

しかし待つことはつらかった。直射する強烈な光の粒子が、一時間前には冷えていた皮膚を焼きはじめる。下腹はさっきからしくしく痛む。彼はオイワケメダケの群っている中にわけいって用を足した。水っぽい下痢便である。心なしか身体がだるい。台湾に多い伝染病への杞憂が心をおそったが、彼はそれを無理にふりはらって、高山植物の中に寝そべった。といって眠ってしまう訳にはいかぬ。

一度二度、くろい影が下方の山腹に見えた。緊張して網をひきよせたが、すぐにそれはどこにもいる駄蝶にすぎぬことがわかった。見ていると彼等はみんな頂上の方角に消えてゆくようだ。山頂に蝶が集るのはよく見うけられる現象である。上昇気流が関係しているのであろう。

「で、俺はとどのつまり、頂上まで行ってみることにした。暑くってね、だが腹にわるいと思うし、水は水筒に半分しきゃないし、一口飲んで我慢するだけだ。ガレを登りきると、次にはこんな真直な崖がありやがる。岩角とシャクナゲの枝につかまってやっとのことで攀《よ》じのぼると草原にでたが、向こうにちょっぴり高く、まるで築山《つきやま》みたいな頂上があるんだな。特にあの頂上に蝶が集るという理由なんて見つからないんだ。それでも俺は結局そこまで歩いて行ったよ。万一という奴にひかれてね。糞《くそ》、いまいましいじゃないか、この万一なんて奴はな」

短い笹の生えた頂上は、柔和な表情をたたえていた。ナガサワジャノメが笹の上をのんびりと舞っている。下方を眺めると、西北に埔里盆地が光をあびてひろがり、さらに遠方に立ちはだかる水成岩山脈のつながりが望まれた。彼はそれを一瞥《いちべつ》し、ぐるりと見まわし、たまに目に映る蝶影に注意をくばった。いずれも目ざす相手ではない。胃の辺が押えつけられるように重苦しい。彼は露出している石英をまじえた砂岩の上に唾を吐いた。胃液に似た味が舌に残った。

うっとうしい、いらだたしい、途方にくれるような時間の経過であった。すぐ下手の谷間から白い雲が湧きはじめた。台湾の山地に特有な、ねばっこい、鱗《うろこ》に似た雲である。けだるさが身をむしばみ、急にすべてが莫迦莫迦しくなり、ついで、自分でも為体《えたい》の知れぬ執念がわき起ってくる。

頂上もやがて霧に覆われだした。ニイタカコケリンドウの紫色の花の上にこまかい霧が這いより、笹をさすり、湿っぽいヴェールの中につつみこんでゆく。これでは蝶も集るまい。

彼は元きた道を引返し、急勾配の崖をすべりおりた。今朝ほどフトオアゲハを見つけた附近には、まだ陽光がさんさんとふりそそぎ、草いきれと山の香があった。地味な小さなジャノメチョウがひょいひょいと草間を飛ぶのを眺め、あくまでも緑濃くうねっている山の起伏を見おろし、それから彼は腰をおろす。気ぬけがして、強すぎる光線が目に痛い。生ぬるいというより温かい水筒の水をすする。立上り、四方を見まわし、がっかりして坐りこむ。徒労だな、と自分でも思う。

足元のフクトメキンバイの黄色い花弁に目をすえてぼんやりしていた彼は、いきなり捕虫網をつかんではねおきた。黒い鳳蝶がまさに頭上をよぎろうとしたからである。しかし、すぐと彼はよろよろと腰をおろす。かなり翅の古びたアケボノアゲハが、至極ゆっくりとその上を飛びこえて行った。

「阿呆、と俺は何度も自分に呟いたな。もう卓社まで降りるには遅すぎる。どうでももう一夜あの小屋に寝なければならない。俺は無性に怒りっぽくなっていたよ。仰向けに寝そべってみても、また気になって起上るんだな。なにしろ相手は素早い奴だから、一寸の油断でなにもかも水の泡になっちまう。あんな莫迦莫迦しい苦労もあんまりないな」

長いこと、実に長いこと彼は待った。近くにやってきた蝶も相手にせずに、朝フトオアゲハが現われた方角を見つめていた。そこにも雲がおりてきて、熱気にほてった草地をつつみだした頃、やっと彼は腰をあげた。空腹なのかどうかも定かではない。依然としてにぶい鈍痛があった。

「腹を立てる気力もその頃はなくなっていたよ。朝からキャラメルを何粒かしゃぶっただけなのだからな。帰りの坂道は道ははかどるが、苔にすべって何度かころんだ。

そのときは、もう明日は一刻も早く卓社にくだろうとばかし思っていたね」

四時前には狩猟小屋に着いていた。いざ着いてみると、食事よりもやはりフトオアゲハのことが気にかかる。結局彼は網をさげてそこらを行ったり来たりした。山頂の方角は完全に雲におおわれている。明日になったらどうするか、まだ彼は決めかねていたが、そんなことより、次の瞬間に、あの特徴ある翅をうちふって貴重な姿が現われることを念じつづけていた。

「暗くなってきたときには、もう何もかも嫌で、飯を炊くのまで億劫《おっくう》だった。板の間に毛布にくるまって横になったが、笹をうんと敷いてもどうにも背中が痛い。だが昼間の疲れで間もなく寝てしまった」

真夜中ごろ、彼は目をさました。胃の辺りにさしこむような疼痛《とうつう》がある。そのうえ間隔をおいて吐気がやってくる。持っていた錠剤と念のためキニーネまで飲んでみたが、収まる気配がない。彼はひやりと夜気を感じる戸外へ出てゆき、喉に指をさしいれ、すこし吐いた。それ以上はどうしても吐けない。毛布にくるまり、両手で腹を押して痛みをこらえた。一時間も経ってようやく楽になったが、鈍痛はなお去らない。

「眠れないので、俺は昼間たしかにこの目で見たフトオアゲハのことを考えて痛みをまぎらわそうとした。すると本当に痛みが去っていくんだね。あいつをもし捕えることができたらどうしようかと思った。すぐ売ってしまわずに、しばらく自分で持っていたいような気もした。なにしろ世界に幾つもない標本を持っていることは悪くない気持じゃないか」

　徐々にこの考えが彼を魅しはじめた。今まで彼は一体どれほどの蝶を採集したことか。それで生活を立ててはきたが、それらの蝶は愛好家や研究家に買われていった筈だ。硝子の中に封じられて装飾品となっているのもある。しかしそれはあくまでも持主のものであり、彼という採集人のことなど完全に抹殺されているのである。

「俺はMという蝶類蒐集家の標本を見たことがある。その男が死んで、遺族が標本を博物館に寄贈したので、その記念の展示会だった。いや見事なものだったよ。世界各国の蝶が八十箱ほど並んでいてな、殊に南米のモルフォ蝶とかアグリアスなんぞの光沢は美術品以上だな。ニューギニヤのアレクサンドラアゲハにしたって凄いくらいの美しさだな。台湾の蝶もむろん沢山あった。俺がまだ採ったことのない奴もかなりあった。そのうち小灰蝶《しじみちょう》のところを見ていると、シロシジミが一匹だけあった。こいつは珍しい種類で俺も一匹しか採ったことがない。ところがそいつを見て、おや、と思ったね、こいつは俺の採った奴じゃないか。右の尾状突起が少し傷んでいて鱗粉がおちている。俺がはじめて台湾に行ったとき採集した奴なんだよ。その頃は俺はまだ知識がなかったんだが、標本屋の親父が残念がったので覚えている。親父は云ったよ、君、こいつは惜しいなあ、完全な奴がとれなかったかね、とな。完全品と傷んだ奴とじゃあ値段がまるで違うからね。それからなんとか修理して見栄《みば》えをよくしようとしたもんだが、それだけにはっきりとよく覚えている。Mの標本はそれだったのさ。俺は妙な気持になった。Mは学者というより愛好家で、もちろん自分でも採集したろうが、あとは交換とか購入で蒐めたものだ。金持だったから買ったのが多いだろう。それでもちゃんとM氏の標本でとおっている。会場に集った人々の様子を見ると、みんな感心して眺めているじゃないか。その中の幾つかはこの俺の採集品かも知れないんだ。そのとき俺は、いくら蝶のおかげで食っているとはいえ、ちょっと情なくなったよ。チエッという気がしたね。たとえばいくら札を並べておいても、誰もこんな標本を見るように尊敬はしまい。標本って奴はなかなかどうして学問的に見えるからな。Mという男がどんな能なしにしろ立派に見えるし、また実際のところ立派に学問に貢献している訳だからな」

　すると急激に彼の心に、フトオアゲハを手放さずに持っていたいという欲求がこみあげてきた。宝石は数が少いから貴重なのだし、虫けらだってその通りなのだ。

「俺は学者とか研究家とかいう人達がねたましくなったね。彼等は尊敬される。学問があるからだ。ところがその研究材料を提供する俺なんぞは全く顧みられない。そりゃあ俺はせいぜい蝶の名前を知ってるだけの男さ。しかし俺が金に困らなければ少くとも蒐集家にはなれる。素晴しい標本を並べて世間の連中を驚かせることはできる。

そんなふうに俺は考えたんだよ」

　うとうとと彼は眠った。ときどき目ざめ、夜気の冷たいこと、下腹がにぶく痛むことを感じとった。

「フトオアゲハを持っていてみろ、それだけで俺は特別な人間じゃなかろうか。あんただって、この気持は知っている筈だ。俺は長年採集をやってきて、そんな気持を不思議に起さなかったんだ。しかしそのときは、そんな所有欲がいっぺんに燃えたぎってきやがった。見ていろよ、あのフトオアゲハは遁《のが》さない、そう俺は決心したんだ」

　毛布をかきよせて再びまどろむ。何回か短い仮睡をくりかえすうち、闇が白んできた。天候が気がかりで、すっかり夜が明けきるまで彼は何回か外をのぞきに出た。めぐまれた天候になりそうだった。

　附近の水たまりで水をくむ。落葉を沈めた浅い水底にヤゴが前肢を動かしているのが見える。火をつくり、飯盒《はんごう》をかけた。食糧はわずかで、今日獲物に会えなければ卓社に戻るより仕方ないだろう。半分を握り飯にし、あとの飯に水を足して粥《かゆ》にした。腹具合はまだ不安だったが、食べておかなければ山へ登れまい。空気はまだ青みがかり、身ぶるいするほど寒い。火に腹をつきだすようにしてあたり、塩をかけて粥をすする、舌に快かった。食慾があるようなら大丈夫だ。

　しかし食べ終えた頃、腹痛が激しくなった。林にはいって用をたすと、昨日よりひどい下痢便で、いくらか赤いものがまじっている。ぎくりとした。この地の旅で一番おそろしいのはマラリヤを始めとする各種の伝染病である。残っていた錠剤をみんな飲んだ。それも台北の薬屋でいい加減に買ったもので、効能書によればチフスや赤痢にも効くらしいが、あまり当てにはならぬ。台湾では手放せぬキニーネものんだ。気のせいか足がふらつくような気もする。額に手を当ててみる。いくらか熱もあるようだった。

採集用具と水筒と弁当だけを持ち、彼は小屋をあとにした。それにしても危懼《きく》と逡巡は大きかった。飛翔力のある鳳蝶が相手である。考えてみても、おそらく一羽きりの珍蝶に二度と出会う可能性はどれだけあろう。こんな身体具合で山頂あたりで動けなくなったら冗談事ではすまない。

そのとき梢《こずえ》をとおし、この空地にもはじめて朝の光がさしこんできた。北回帰線間近の、純粋な、力にあふれた、万物を活気づける光線である。同時に幾匹かのタテハチョウが林の梢に乱舞を開始するのが見えた。彼は網の柄《え》を握りなおし、上へむかって歩きだした。

トドマツの密林の中は苔の匂いが満ちていた。原始林には畏怖を誘う一種特有の気配がある。その鬼気にちかいものを彼は感じた。自分が一人きりだということをも。そんなことは生れて初めてのことであった。すべてが生れてはじめてで、同時に莫迦げきっているように思われた。

　丈高いヤダケの藪《やぶ》の中に鹿の通《とお》り路《みち》が見られた。獣臭い香が鼻をつくのである。密林を抜ける頃、もう一度便をした。ほとんど粘液ばかりで、血らしいものは混っていない。それにしてもこの疲れようはどうだ。と云って、今さらすべてを放棄する気にはむろんなれぬ。

「そんなところにも俺の損得勘定がでてるのかな。これだけの思いをして、手ぶらで帰るなんてあんまり癪《しゃく》だ。登って行ったところでもっと無駄骨折りだとは内心じゃわかっているんだがね。こうなると心が二つに別れちまって、両方でぶつぶつ云いあうってことになる。足の方は、その間に半分勝手にうごきやがった」

　突然、彼は半歩とびすさって息をつめた。蛇である。岩角をつかもうとした手にあやうく触りそうになったのだった。彼の知らぬ蛇で、もたげた首の下に白い輪があった。頭がぐっとふくれているから毒蛇には違いない。彼はちょろちょろと吐きだすその舌を見、ついでもう少し後ずさりしてから石を投げた。蛇は素早くとぐろをほどくと、うねりながら下草に消えた。彼はふたたび登りだした。

　闊葉樹の林もきれ、ビャクシンの枝の這う斜面を横にからみだした頃、柔かな太陽の光が彼を暖めてくれた。山麓の焼きつくすような熱気はまだ含まれていない。快晴だ。雲一つ見られぬ澄みきった空の色だった。足元に高山の花がふえだした。

腰をおろし、草地帯と下方の蒼《あお》ぐろい森林地帯を見おろす。内地にもいるキアゲハが斜面をするように飛んできた。練習のつもりで網をかまえたが、蝶は彼の立っている十メートルほど下で頂上の方へ向きを変えた。追ってみたが結局網はとどかない。ここは足場が悪いのだ。やはり頂上で待つべきであろう。

息をきらして辿《たど》りついた山頂には、やわらかな静寂が漂っていた。山麓は炎暑にもえたつ時刻だが、高山のみに見られる和らぎがここにはある。しかしそれすらかえって彼の焦心をかきたてたし、腹痛はなお去らない。

「来やしないさ、と俺は呟いたもんだ。フトオアゲハなんぞ来る筈がないじゃないか。ほかの駄蝶はくる。そら、あそこに来た。翅が傷んでいるな。ところであいつは新鮮な奴だった。完全な標本になる、だがあいつは来やしないさ。いいか、俺はあいつを待っているのじゃないぞ。あいつは来っこないからな」

その通り、フトオアゲハは姿を見せなかった。

「下に降りたら身体を癒《なお》さなければな。ただの腹くだしならいいが。チフスででもあったら事だぞ。おまけに身体が弱るとマラリヤが出るからな。あいつは内地に戻ってからでもちょいちょい出やがるんだ」

そんな文句を彼はぶつぶつと呟いた。独り言を云っているといくぶん気がまぎれるからである。

「やはり卓社に降りるのだったな。夕方には風呂にはいって蕃人の弓琴でも聞いて——そうだ、台北に戻ったらあの子のところへ行ってやろう。あれはなかなかいい女《ザボ》だった。それに可哀そうなことを云っていたっけ」

酒家の女主人が福建人なので、広東《カントン》出の彼女をいじめるのだと寝物語に聞かされたことがあった。

そのうちに腹具合がまたあやしい。ふっと不安がこみあげてもくる。なんと云っても、ここは下界を離れた遥かな別天地なのだ。

風がきて、足元のオイワケメダケの葉が鳴る。しかしその他に物音はしない。渓流のせせらぐ音も、トドマツの森林の中で聞いたミカドキジのけたたましい声も、ここまでは伝わってこない。ただ厖大《ぼうだい》な山塊の発する無言の圧迫が次第に彼のまわりに忍び寄ってくる。

時がながれ、ときたま笹が鳴り、日が照った。まばゆい光線が山々の肌に陰影を彫りつけた。

頭が重く、かすかな耳鳴りがする。それを追いはらうように、あたかも飛んできた鳳蝶を彼は網にした。絹網の中で羽ばたいているのを手早く胸をつかみ指先で圧した。オナシモンキアゲハの雌である。三角紙に入れ、しまいこむ。すべてが永年の手練によって敏速に手際よく行われ、その間だけ彼は確信のもてる時間をすごしたような気がした。

ついで、際限もない繰返し。足元で笹がゆれ、陽光がふりそそぎ、うごいているかどうかわからぬほどに時がながれた。煙草に火をつけ、半分吸ってもみけす。吸いさしを投げ捨て、しばらくしてからそこへ歩いて行って、拾いあげてまた箱にしまう。

周囲に立ちはだかる山々が雲を吐きはじめた。一つの谷間から白い塊りが湧き、山肌にまつわりながら上へ上へと這いのぼってゆく。山頂から離れて、とぎれた雲となって空を漂いだしたものもある。立上って、古びたナガサワジャノメが草にとまるのを見、遠くの方に鳥影を認め、のろのろと歩いて谷間を覗き、やがて元の場所にもどって腰をすえる。

「もうかなり経ったろうと思って腕時計を見ると、ほとんど動いていないんだ。俺はもうフトオアゲハなんぞ来なくっていいから、早く夕方になってくれればと思ったよ。そうなれば諦めもつく。ところが、そのときすぐ下山しようという気はまるきり浮んでこないんだな。夕方近くまでこうしているのが運命だと信じこんでいるみたいだった」

しきりと喉が乾いた。貴重な水を水筒の銹《さび》くさい口から舌にたらし、帽子をとって髪も濡らした。空腹か。いいや、すこしも。しかし彼は弁当の包みをあけ、おしつぶされた飯の臭いをかぎ、また紙につつんだ。

雲が、湧いてきて、ひろがって、澄みわたった空を侵しはじめた。西方の視界はとうにさえぎられてしまっている。一匹の金緑色に輝くホッポアゲハが、たまたま頂上のまわりをめぐって、思いなおしたように引返してきた。彼は起きあがり、走って行って網をふった。しかし蝶はその下をかいくぐり、彼はなお追いかけて網をふりまわしたが、徒《いたず》らに空気をかきまわしたにすぎなかった。蝶が狂ったように弧を画《えが》きながら、遥かな高空へ点となって消えてゆくのを見送りながら、全身の鼓動を彼は感じた。わずか走っただけで、こんなにも息切れがするのか。

徐々に、諦念が彼の胸にきざしはじめた。

彼は独語した。独語するのが自分でよくわかった。顔をしかめて、彼はわらった。

「つまらないことだったな、と俺は呟いた。腹も立たなかった。辺りを見まわして、もう五分待とうと思って、それからあんた、また自分にむかって云ったよ。未練がましい奴だな。諦めがわるいぞ。そして自分で声にだして答えた。その通りだ、さあ帰ろう」

草原を歩くのも大儀で、切りたった崖をやっとの思いで降りる。灌木があったのでその下に頭を入れ、仰向けに寝た。目をつぶると、激しい光線に痛めつけられたせいか、暗黒の視野の中に赤や緑の玉がいくつも踊るのである。

「はじめて俺はのびのびと目をつぶったんだ。もういいんだと心に決めると、そうやって寝ていられるのが嬉しいくらいだった」

彼は下界のこと、風呂のこと、若い広東の女のこと、うす黄色い紅露酒《あんろうちゅう》のことを考えた。ここの空気はあまりに稀薄で、山は巨大で、彼は一人ぼっちでありすぎた。フトオアゲハなんて糞くらえだ。

「だがなあ、と俺は声にだして云ったよ。だが遠いなあ」

あとどれだけこの足を動かさねばならぬのか。今夜もう一晩のあの小屋での仮睡。考えただけでうんざりする。

「なにか食わねばいけないな」

すえた臭いのする飯粒を少しずつ口に運び、丹念に嚙んだ。食欲はないが、このままでは丸きり腹に力がはいらないのだ。

「梅干があったらな」

牛罐《ぎゅうかん》を持ってきてはいたが食べる気にはなれなかった。それでもいくらか生気が出てきたような気がする。しかし水を飲み水筒の栓をしようとしたとき、しばらく忘れていた疼《うず》きが腹の奥の方からつきあげてきて、同時に便意をもよおしてきた。彼は岩かげへ走ってゆき、笹の中で用をたした。ひどい下痢である。また血がまじっている。笹の葉を摑んで苦痛を堪えた。みじめな、やりきれぬ気持であった。冷汗が額ににじむのがわかるのである。

ようやくのことで雑嚢を肩に、網の柄をついて歩きだしたとき、空の半ばは何時《いつ》の間にか雲におおわれていた。頂上の方角から灰色の雲がぐんぐんのびてくる。面白くない雲の色合と速度だった。急に強まった風があたりの草をなびかせている。

「愚図愚図できないぞ」

まだ暴風雨の季節ではないが、山岳地帯の凄まじい豪雨を、彼は採集旅行のたびに経験していた。足を急がしているうちにも雲行はますますあやしくなる。

やがてニイタカトドマツの密林にはいると、蘚苔《せんたい》の敷きつめられた急坂《きゅうはん》だ。霧が音もなくこの林の中をも流れていた。どこからともなく生れてきて、サルオガセのたれたトドマツの梢にからみついてゆく。苔はすべりやすく、疲れた膝頭ががくがくする。突然、彼は立止って耳をすました。

「雷か？」

耳をすますと、原始林の底知れぬ沈んだ気配が遠慮会釈なくおし寄せてくる。その静寂の中で遥か遠くに確かに雷鳴のとどろくのを聞いたようにも思った。それればかりではなかった。いくらも行かないうちに、ずっと横手の方から、まるで山津浪《やまつなみ》のような音が伝わってくるのが感じられた。にぶい、底ごもりした音響である。それが何であるか彼はよく知っていた。

「急がなくては」

もちろん雨の方が早かった。考えをめぐらす閑もないうちに、その猛烈な驟雨《しゅうう》はやってきた。はじめの一秒か二秒、大粒の水滴が周囲に音を立てはじめるのがわかった。ばらばらいう音、はじけるような音、それはほんの一瞬のことで、だしぬけにそれはほとばしる勢いとなり、小暗い林の中は白く霞《かす》んだ。ニイタカヤダケのふかい藪は狂乱して揺れうごき、泥と共に水滴がはねとんだ。崖下に斜めに倒れかけた巨木のかげに駆けこんだときには、衣服はもう肌まで濡れとおっていた。凄まじいまでの豪雨である。森林全体が吠えるような悲鳴をあげ、降りそそぐ水しぶきにけむってしまった。下草や苔はたちまち水を吸いきり、水は濁った流れとなって坂道を落ちてゆく。岩と木の根の組みあった急坂はすでに小さな滝であった。

突然、頭の上で空気がひきさけた。青くひかる電光がうねうねと横ぎり、同時に森林に叩きつける号音が爆発した。金属がはじけるような、なにものをも引裂かずにはおかぬ音響で、どれほど雷が間近であるかがわかるのだった。きなくさい臭いが鼻をついてきた。大急ぎで三角罐などの金属を投げだす。それからはもう雷鳴の乱撃であった。台湾山地の猛烈な雷はやはり内地では想像もつかない。高いところにも落ちれば低いところにも落ちる。一度に何箇所にもつづけざまに落ちる。だから彼の前後左右は間断なく電光がうねり、まるで爆撃機の絨毯《じゅうたん》爆撃のように凄まじい破裂音がとどろいた。ときどき肌にぴりぴりする電流を彼は感じた。それればかりか足元で水がしぶき、突風が吹きぬけると雨水がそれについて横ざまにとぶ。後方の崖からも水が流れおちてきて坐ることもできない。またひとしきりの雷鳴。

無我夢中の幾何《いくばく》かの時間が経った。容赦ない力をこめて豪雨は降りそそいでいた。雷鳴は遠くなりやがて下方に移ってゆくようだ。急に寒気が襲ってきて、こまかい身ぶるいがとめようとしてもとまらない。目の下を濁った水が渦を巻き泡をたてている。一匹の歩行虫《おさむし》が流されてもがいて、やっと朽ちた木の根にしがみついた。はねあがる飛沫《しぶき》がその肢をはらおうとするのを、寒さにふるえながら彼は見守っていた。それから意を決して、さきほど投げだしたバンドをしめ身支度をし、少しも雨脚のおとろえぬ水煙の中に足を踏みだした。寒気のためとてもじっとしていられなかったのである。

雨が痛いほど顔を叩く。濡れるというより吹きつける水にひたっているようなものだ。ズボンが冷くべったりと腿《もも》にはりつき、腕で顔をおおわぬと息もつけない。遮二無二《しゃにむに》ころがるように歩き、ついにトドマツの太い幹に手をついて息をつく。いつの間にか手の甲を怪我していて、水が洗ってしまい裂けた皮膚から肉が白くのぞいて見える。ふと、途方もない思念がうかんできた。フトオアゲハの奴、どうしているかな。翅が傷まぬといい。

火が、熱気が欲しかった。平地の焼けつく暑さが今は望ましい。熱射にたぎる嘉義《かぎ》の支那人街が一瞬頭をかすめた。しかし、周囲は変ることのない水しぶきである。目もあけられぬほど、顔を腕を水が伝わって流れる。ようやくのことでトドマツ林がきれると、あとは身を隠すものもない草原だ。わずか前方が水煙に白く霞み、小屋がどのくらい先だったか視界はまったく利かない。叩きつける豪雨をあびながら、彼は無感覚に歩いた。

「小屋にたどり着いたときは、そりゃもうあんた、三日も川につかってたみたいな恰好だった」

土間に夢中で火を燃えあがらせたが、仲々震えがとまらない。

「あるだけの衣類をだして着かえてもな、えらく身体の蕊《しん》の方から身ぶるいがこみあげてきやがるんだ」

それからどうしようもない脱力感。なにか食べようという気力すら起らない。筍《たけのこ》の罐詰をあけて汁だけ吸い、そのまま彼は一隅《いちぐう》の笹と毛布の床に倒れこんだ。外では風雨がさらに強まってゆくようで、小屋の中にも隙間風が吹きこんでくる。横の方ではげしく雨漏りがする。

煙が目に沁《し》みる。薪《まき》がくすぶっているのだ。寒い。能《あた》うかぎり身体をちぢこめ毛布をかきよせる。寒い。表現できぬ異様な寒さである。

「またぞろ俺は土間へ行って、火をかきおこした。さっき脱いだシャツが乾いていたのでそれも着た。火にへばりついても、寒い暑いの感じが身体の奥の方で丸きり変っちまったみたいだった」

再び毛布にくるまる。こまかい震えが全身を伝い、ついに歯がかちかちと鳴りだす。

「俺はそいつを知っていた。マラリヤで発熱する前にくる震えとそっくりなんだ。またマラリヤが出たのか、それとも腹の痛みに関係ある熱病なのかわからなかった。ただ俺は、やられたな、って歯を喰いしばりながら思った。畜生、やられたな！」

どんなに堪えようとしても、下の床が音をたてるほど全身がひきつるように痙攣する。まるで氷の中にいるようだ。間断なく戦慄がおこり、がちがちと歯と歯がぶつかりあう。意識が霞んでゆき、それからふっと我にかえる。

とうに夜になっているらしく、暗黒の土間に燃え残った熾《おき》が赤く見える。ときどき、もうこれが最後だと思われる極限がきた。地鳴りのような豪雨の音、それがずっと遠くなり、呼吸が苦しく、彼はのけぞって歯をうちあわせ五体を震わせた。収まると、風雨の響きが戻ってくる。

もうあまり寒くなかった。熱が出はじめたようだ。身体はさっきから火のように熱い。胸の辺に汗が滲《にじ》みでるのがわかる。呼吸がせわしい。大丈夫かな、と彼は頭の一隅で思った。俺はくたくたらしいな。どうも手ひどくやられたようだ。

「なにしろあんた、自分が何処《どこ》にいるかもわからなくなって、吐気がして、頭がかすんで、どえらい熱らしいなと思って、またうとうとと眠った」

雨の音は聞えなくなっていた。やんだのか耳がどうかなったのか定かではない。あぶら汗とねばっこい熱にうかされた幻覚が終夜彼をもてあそんだ。巨大な、それこそ怪鳥のごとき鳳蝶が天空から舞いおり、彼の上に襲いかかるのである。ぶ厚い四翅《しし》をばさばさと打ちふるたびに、綿の実のような鱗粉が片々と乱れ、彼の口中にまでとびこんでくる。顔にも鱗粉が触ると嫌らしくぬるりとする。

「俺は魘《うな》されつづけた。目をあいていてもそいつは消えないんだ。それでも、長い夜じゃあなかった。ふしぎなくらい短かった。気がつくと、もう朝だった」

錯覚ではなかった。白っぽい光が戸の隙間からさしこんでいる。身体は鉛のようだ。雨はやんだらしいな、と彼はしびれた頭で思った。額に手をやる。熱も下っているようだ。有難い、これで帰れるぞ。だが、果して歩けるのだろうか。

彼は這いずるように起きだし、戸を開けた。地上は一面に凄まじい昨夜の豪雨の痕跡を残していたが、空は反対に嘘のような快晴を暗示していた。

のろのろと彼は火をつくった。力がすっかり脱けていて、一つことをするにも非常な手間がかかる。残っていた鑵詰の筍の汁だけをしゃぶり、キャラメルを何粒か頬ばった。音を立てて燃える火と、それだけの食事でかなり気持がしっかりしてきた。そうだ、俺は頑健な男なのだ。マラリヤの熱を冒して三里の山道を歩いたこともある。こんなことでへたばる筈はないし、卓社までは大丈夫帰れる。のろのろと彼は身支度をした。のろのろと火を消し、薄暗い小屋の中を見まわして思った。まずこんなところだな。どうやらこんなところだ。

小屋を出た。さすがに足がふらつく。梢ごしにさしこんでくる朝の斜光が目に眩《まぱゆ》い。彼は数歩あるき、周囲を見まわし、のろのろと足のむきを変えて小屋に引返した。リユックザックを置き、水筒と三角罐だけを身につけ、濡れてごわごわになった網を手に外へ出た。網の柄を杖に歩きだした。何処へ行くのか？

「上へ行こう」

どうしてそんな衝動にあやつられるのかわからなかった。思考が不可能なほど頭は重く、歩いているのが自分の身体でないような気がする。ずいぶんと長い間、茅《かや》ばかりの山腹をふらついていたようだったが、いつしか道はトドマツの密林にはいっていた。

蘚苔のむした太い幹、小暗く差しかわす枝葉が、ひどく歪んだ形に、ひどく陰鬱にのしかかってくる。と、その薄暗いその大気の中に、藍色に光る見たこともない蝶がとびだしてきた。彼は重い頭をふってよく見た。ありふれた小さな小灰蝶が舞っているにすぎない。

「目がどうかしてきたな」

立止るとかえって苦しく、吐く息と鼓動だけが意識できる。昨夜の雨にあらされた坂道は土がえぐりとられ、濁った水がたまっている。何度も彼は足をすべらした。一歩一歩、それでも彼は歩いた。歩くことのみが目的のように執拗《しつよう》に歩いた。

「俺は何をしに行くんだ？」

濡れたヤダケの藪から露をかぶったとき、だしぬけに、ずっと以前の記憶のように、フトオアゲハの姿が脳裡をよぎった。太い尾状突起がおそろしく誇張された奇態な影が。

「あいつを捕えたとしたって」

それがどうしたと云うのだ。あいつは珍種で世界に六匹しか標本がない。それだけの話だ。水のひいた川底のような坂道を彼は登った。

「このまま眠れたらな」

落葉と腐蝕土から水がしみだす。朽木にべったりと坐り、ぼんやりと彼は辺りを見まわした。ここはどこだ？　年を経たトドマツが立ちならび、笹が露をやどして茂り、自分の頭が鳴っていた。血管を音をたてて血が流れてゆくのがわかるのである。湿った匂い、朽ちた匂いがした。目をつむると、疲れはてた自分の肉体があり、苦痛があった。目を開くと、笹が茂り、朽木が倒れてい、そこに小さく黒く動いているものが見えた。オニツヤハダクワガタという甲虫らしかった。ふしぎな世界である。苔がまっ青に盛りあがり、こんな鮮かな色を見たことがなかった。彼をとりまいて見知らぬ不可解な世界があり、これまでも見慣れてきた風景にちがいないのだが、それでも確かに見たことがなかった。

突然、彼は身ぶるいをした。なによりも寒かったのである。全力をふるって彼は立ちあがった。

「そうだ」

フトオアゲハを捕えねばならない。あいつが珍しい種類だからだ。奇蹟にめぐまれねば捕えることができぬ奴だからだ。あいつがここらにいる以上、なんとしても捕えねばならない。この掌《てのひら》にしっかりとあいつを摑んだなら、それだけで放してやってもいい。ここしばらくあいつが採集されたという噂はきかない。捕獲禁止のためではない。捕獲を禁止された種類ほど採集家はひそかに追いまわすものだ。居ないからなのだ。彼の見たフトオアゲハがこの地上で最後の一匹かも知れないのだ。そうあってくれればいい。

どうしてそのような速度で歩けたのか。急勾配の坂道を彼はほとんど不断と変らぬ速度で登って行った。片手で捕虫網の柄をつき、片手で突きでた木の根を摑んだ。悪寒がときどき全身を走りぬけ、泥にまみれた手が小刻みに震える。

少しずつ寒さが遠のいていった。熱が出てきたらしい。便意を覚えてその場にしゃがんだが、いくらかの粘液のほか何もでない。俺はくたばるのかも知れないな。ふとそう思った。なにしろ手ひどくやられているからな。

辺りの景観が変ってきた。ビャクシンの純林が現われ、その背が次第に低くなってくる。熱が今度は額をもやした。背中から下半身にかけてひどく寒い。ここにはまだ日の光は当ってこない。じりじりと皮膚を焼く陽光が欲しかった。膝頭にいかにも力が入らず身体がふらつく。休んではならぬ。休むと悪寒がくるから。あの斜面まで行けば右手にガレ場があり、高山の花がある筈だ。そうだ、花はあった。すぐ足元に咲いていて、ジャワにいるアピアス属に似た蝶がとまっている。だが彼が注視すると、それは枯れかかった葉に変じてしまった。

しかし花だけは確かにそこにあった。可憐な高山の花が今は足元にふえだした。あとはガレ場を登るのだ。そのとき、光がきた。目のくらむ差し貫くような光線がこの斜面にもふりそそいできた。もう一息だ。捕虫網を置き忘れ、すぐ下にあることがわかっても引返すのが一仕事だった。陽光は刻一刻強まり、ガレに積った濡れた石の細片をひからせた。横手の斜面は一面に花と露の海だった。だが、美しいとは思えなかった。どこか悪夢に似た光景なのである。唾を吐こうとして呼吸が苦しく、思わずも両手を斜面につくと、石の細片が足元でくずれ、冷汗が額に滲んだ。

にもかかわらず彼は這いのぼった。眩暈《めまい》をこらえながら這いのぼった。胸苦しさが次第に強まり、ついでどんよりした無感覚に代った。

「もうじき俺はくたばるのかな」

だしぬけに、すべてが楽になった。気がつくと彼は傾斜した草原に横たわり、頭上からはさんさんと光がふりそそいでいた。草は露で一杯で、彼は身体をずらして半ば乾きかけた場所にまで這って行った。動くと眩暈がしたが、さっきまでの苦痛はもう去っていた。

一羽の鳳蝶が翅《はね》をひろげて上空を滑走している。広い特有な尾状突起があきらかに見え、上昇気流にのってふわりと昇ってゆくと、もう一羽のこれもフトオアゲハが後を追ってゆく。上体を起そうとすると、それは平凡なワタナベアゲハの姿になった。彼はまた草むらに横になった。そうしてじっとしていると、苦痛はけだるさの中へ溶けこんだ。もやもやした影が何回も訪れ、彼はそれと現実とを区別する努力をあきらめた。そうだ、フトオアゲハなどは初めから存在しなかったのだ。すべては錯覚と幻影なのだ。

しばらく眠ったらしく、顔に一杯汗をかいて彼は目ざめた。変らぬ青みをたたえた空があり、身動きすると苦しく、目をつぶると靄《もや》のような眠気がかぶさってくる。彼はまどろんだ。夢のごときもの、ねばっこい混淆《こんこう》した幻がやってきた。熱が身体中をかけめぐっているらしかった。それをふりはらおうとして目をさまし、霞んだ目で位置を変えた太陽と、立ちのぼる陽炎のため大気がゆれているのとを見た。ややもすると黐《もち》のような糸が五体にまつわり、そのまま地底へ引きこまれてゆくようだ。ときどき、うつうつとした覚醒がきて、つかのま彼は喘いだ。

吐気がして、横をむき唾を吐こうとした。舌が動かない。口がからからに乾いているのだ。喉が乾く。ひりつくように喉が乾く。俺は何をしているのだ？　なんでこんな場所に寝ているのだ？

身動きをすると頭痛が激しかった。あるだけの努力で彼は起きなおり、水筒の口にかぶりついた。手が震えて頰から首筋へ水が滴《したた》る。

「俺は……」

一体何をしていたんだ？　彼は頭をふり、かぶさってくる靄のようなものを振りはらった。さあ、しっかりしろ、一体どうしたんだ！

捕虫網の柄にすがり節々に最後の力をこめて彼は立ちあがった。そして、下方へむかって歩きだした。

3

はじめに断っておいたごとく、もとよりその男はこの通りに話したのではなかった。しかし彼は、私の心象の中で、私の夢想をかきたてながら、確かにこのように物語ったのである。

つきることのない男の訛声がこのとき一寸とぎれたので、私は思わず問いかけた。

「じゃあ結局、フトオアゲハは採れなかったのですね」

瞬間、男はぐっと首をもたげて私を睨んだ。くぼんだ目の奥に、憤怒というより憎悪にちかい色がちらつくのを私は認めた。

「採らなかった？　この俺が奴を捕えなかったって？」それは私がぎくりとするほど激しい口調だった。しかし彼はすぐに顔色を元に戻すと、上唇をなめながらつづけた。

「なあ、あんた、俺はそれだけの思いをして手ぶらで帰るような男じゃないよ。あとは神さんか仏さんがちゃんとしてくれたさ。いいかね学生さん、俺はそういう人間なんだぜ」

彼が念を押すように睨んだので、それまで幾度もしてきたのだが、私は無言でうなずいた。

「ちょうどガレ場を降りたところだったな。ひょいと見ると、あいつがいるじゃないか。灌木の上に、普通のアゲハがやるように、こう翅をひろげてべったりとまってるんだ。俺だって初めは、本気にできなかったさ。何回も何回も幻を見てきたからな。しかし、そいつだけは正真正銘の本物だった。まるで羽化したてみたいに新しくってな、俺が近づいても奴《やっこ》さん逃げようともしないんだ。こうなっちゃもう俺のものだ。

逃がそうにも逃がしようがないじゃないか」

私は無言でうなずいた。

「網の中でばさばさする奴をすぐ息の根をとめてやった。さすがに手が震えてな、鱗粉でもはがそうものなら大変だからそのまま三角罐にしまったよ。そのとき俺が何を考えたかと云うと、まずそいつを売ることとさ。そりゃどうも仕方がない。空想していたときと、実物を捕えたときとじゃあ考え方も違ってくらあね。第一俺がそんな珍種を持っていたって何になるんだ？　俺はあれこれの有名な蝶の蒐集家に目星をつけてみた。それも俺から買ったということがわかっちゃ具合がわるい。契約違反だとか何とか標本屋の親父が云いやがるからな」勢いよくしゃべっていた男は急にここで言葉をとぎらし、それから別人のような調子で呟いた。「……だがなあ、やっぱしいきなり売りとばすことなんて考えたのがいけなかったんだな。だからきっと神さんだか仏さんだかが罰をくれたんだ。そうだ、俺は本当にそう思うよ」

彼は口をつぐみ、煙管《キセル》の口にキザミをつめはじめた。沈黙が長びいたので、私はどうしてもこう尋ねないわけにはいかなかった。

「そのフトオアゲハは、今どこにあるんです？」

「ないよ」と、ぶっきら棒に男は云った。挑みかかるような目つきである。「そんなものは、もうこの世にありゃしないのさ」

眉がしかめられ、そげた頬がひくついた。それから私が問いかけるのを遮《さえぎ》るように彼はしゃべりだした。

「俺はな、とにかく小屋に向って降りて行ったんだ。すると人声がして、ブヌン族の蕃人が駆けてくるじゃないか。俺の帰りがあんまり遅いので、卓社の警官が蕃人を三人連れて探しにきてくれたのだよ。それから彼等《かれら》に背負われてな、いろいろ訊かれたが、俺はフトオアゲハのことは黙っていた。これぱっかりはいくら話したって他の連中にはわかりっこないからな。それにこう変な気持でね、熱のせいか、なんだかその連中がフトオアゲハのことを知っていて狙っているみたいな気もしたんだ。だが薬を貰《もら》って、その日はみんなで狩猟小屋に泊ることになったんだが、翌朝起きたときはもう笑いだしたくなるような気分だった。さてもう一度獲物を見てやろうと思ってな、俺はリユックから三角罐を取りだそうとした。畜生、それでみんなお終《しま》いだ。あいつは、喰われてしまっていたんだ」

「喰われた？」

「そうだ、ゴキブリの野郎だ。俺が三角罐を取りだすとふたが開いていて、中からその畜生がとびだしてきたんだ。ハッとしたが、もうあとの祭りさ。三角紙は穴があいていて、胴体を綺麗にやられていた。根元を喰いやぶられて傷んだ四枚の翅だけが残っていた」

「………」

「俺はカッとなって、それを投げ捨てると滅茶滅茶に踏みつぶしちまったのだ。畜生、せめて翅の切片でも持って帰っていればなあ。そうすりゃ誰だって俺の話を疑うなんてことはなかったんだ」

男は口をつぐみ、くぼんだ小さな陰険そうな目がふたたび憎悪にちかい激情にもえあがるのを私は見た。次の瞬間、彼は真直《まっすぐ》にこちらを見すえると、こう云った。無理におしころした訛声で云ったのである。

「学生さん、あんたも、俺の話を信じられないかね？」

私は一瞬相手を見、黙って首を横にふった。同時に私はこう思った。この男はおそらく本当に一度はフトオアゲハに出会ったのだろう。しかし採ることはできなかったのだ。或いは再度その珍種を見つけたのかも知れぬ。だが結局捕えることはできなかったのだ。或いは――いや、真相を知っているのは、それこそ神さんか仏さんだけであろう。ただ次のことだけは確かである。もしも男がそんな言葉を吐かなかったとしたら、少なくとも私は彼の話をすべて真実と思いこんだ筈だ。

私はもう一度首を横にふり、誤解を避けるために云いそえた。「そんなこと思いやしませんよ、僕は」

「俺はな」と、性急な声で相手はつづけた。「内地に帰って誰彼にこの話をした。ところがみんな信じないじゃないか。奴等にしてみればそりゃそうだろうよ。奴等だったら翅のかけら一つでも後生大事に持ち帰っていくらかの金にするだろうからな。だが俺はそんな男じゃないのだ。それに俺はあいつのおかげで、ちっとばかり人間が変ってきたからな」

男はふるえる手で煙管にキザミをつめようとした。私が巻煙草を差しだすと、今度はまるで奪うような手つきでそれを受取った。

「蝶を採集して売るなんざあ下劣な商売だよ。本当は草でも虫でも、そりゃああんた、もっとずっと深みのあるものなんだ。俺はな、兵隊にとられてさんざ苦労してさ、それも内地でだからな、せめてボルネオにでも行ってりゃあしこたま蝶を採ってきたのだがな。戦争が終ってみりゃあ家もなにも焼けちまってる。俺は東京にちゃんと一軒、家をもっていたんだ。今じゃ諏訪《すわ》の女房のとこに居候《いそうろう》さ。だが百姓なんぞやるのは嫌なこった。俺にはちゃんとすることがあるんでな。俺は学界に貢献するような仕事をするんだ。まあ今に見ていろよ、と云いたいね。そんなことしたって一文にもならないが、まあ見ているがいい。俺の名は日本の昆虫史に残るからな」

彼の声は、なにか見えない相手に投げつける呪詛《じゅそ》のようにひびいた。荒涼とした谿間の崖の下で、この小柄で貧相な、しかし奇妙に精力的な男が、くぼんだ目をひからせ唇を嘗《な》め嘗めしゃべっているさまは、確かに正直のところ薄気味がわるくなるものを含んでいた。

「俺はな、あんた、もうずいぶん調べてあるんだよ。ゴマシジミはワレモコウに産卵する。あんた知っているのか？　何時《いつ》、どういう具合にして蟻の巣にはいる？　知らんだろう。日本のどんな研究家だってまだ知らんさ。こいつはちょっと話すわけにいかないな。これは俺の秘密だ。もう少しで俺はゴマシジミの生活史を調べあげてしまうんだ。そうなったらどうなるか見ていろよ。俺はただの採集人じゃなくて、それはもう立派なものだ。誰だって知りたがっている事柄なんだからな。ははあ、そこらのぼんくら学者にこの発見を売ってやるか。なあに、誰がそんなことをするものか。これは俺一人の発見なんだ。俺はもうかなり誰も知らない事実をつきとめてる。もう一息なんだ。もう一息で、ゴマシジミの謎は解かれちまうんだ。ははあ、蟻の巣で大きくなる蝶の幼虫か、素敵じゃないかね。その秘密をとくのはこの俺だよ。この俺なんだ。ハッハッハッ、どこの誰でもない、今ここにいるこの俺さまだよ。まあ見てるがいい。見ているがいいさ」

口元が歪み、いきなり男は笑いだした。顔中の筋肉をひきつらせ、突きでた喉仏を上下させて、なんとも云いがたい調子で笑いだしたのだ。私はこの年齢になるまであのような笑い声を聞いたことがない。瀬音を打消してその声は響いた。いっかな止《や》む様子もなかった。まだ春の気配の遠い寒々とした谿間の底で、この小柄な男は、日やけした顔をくしゃくしゃにし、仰《あお》むいて笑いつづけたのである。彼は泥に汚れた手で膝を叩いた。細められた目尻からは涙がにじんだ。ひとしきり咳こみ、手で口元の唾をぬぐい、それからまた笑いだした。どうにもとまらない異様な発作だった。渓流から吹きあげてくる風も冷たかったが、私は背筋に寒気を覚えた。男は笑いやみ、穢い手で口元をぬぐった。涙のたまったくぼんだ目で私を見やり、なにか云おうとして、そのまま又もや笑いだした。苦しげにとぎれとぎれに、もう笑いというより声帯の痙攣にすぎなかったが、彼はなお長いこと身体をひくつかせていた。

それからしばらく経って、私達はお互に無愛想といっていい短い挨拶をかわして別れた。蟻の巣を掘りおこす男はその場に残り、私は元きた道を島々の宿場へと引返しはじめたのである。

枯れ伏した下草をふみ、崩れた箇所をとびこしたりしながら私は道を急いだ。歩きながら私は、あの男は今ごろは又スコップをとりあげて執念ぶかい作業を続けているかしらんと考えた。もしかすると、一人きりで、あの常軌を外れた笑い声を立てているのではないかと考えると、あまりいい気持はしなかった。

空はすっかり曇ってしまっていた。飛沫《しぶき》にぬれた丸太の上を伝い、ときには流木のうちあげられた河原の砂地に降りることもあった。湿った砂の上には初めきたとき私のつけた靴跡が残っていたが、私は半ば無意識にその跡を避けて歩いた。ほんの二三時間前ここを通った私と、現在の私とがなんだか判然と変ってしまっているような気がしたからである。

渓流にそって細い径《みち》はつづいていた。溶け残った汚れた雪が岩のように固く凍りついている場所に来た。そこは崖がかぶさるように高く聳《そび》え、薄暗く、どことい って冬のままだった。歩きながら私は、立ちはだかる岩を見、低くたれこめた空を見、うそ寒く流れている水の表面を見下ろした。同時に私は、どぎつい緑の盛りあがる南国の原始林を、目もあやな毒々しい熱帯の蝶を思いうかべた。また北回帰線間近の白熱した太陽、大地から立ちのぼる炎に似たかげろうを幻に見た。更に私は、一つの執念に駆られて崖下の土を掘っている男、さきほど私をぞっとさせた、あのとめどない哄《こう》笑《しょう》をあげた男のことを考えてみた。すると私自身驚いたことに、その陰険な目つきのむさくるしい男の方が、もとよりあまりいい感じはしないものの、私にはなにか親しみぶかくも思われたのである。

寒さのためもあって、私はザックの負い革を両手で握り、背を丸めて足早に歩いた。やがて谿間の入口に近づくにつれ、枯草におおわれた中に緑色のものがちらほらするようになってきた。なんと云っても、春はこの谿間にも忍びこんでいるのである。

渓流に足を濡らして渡ると、はじめ高粱の握り飯を食べた場所に出た。空が曇りきってしまったためか、活潑《かっぱつ》に飛びかっていたセセリモドキも姿を見せない。

私はその辺りの岩かげに乾いた流木を集め、小さな焚火をこしらえた。冷い川水をくみ、たっぷり米をといで飯盒をかけた。そして私は、流れの響きを背後に聞きながら、色のない炎が飯盒の底をなめるのを眺め、思いだしたように枯枝をさし入れた。

そうしているうちにも私は、再度、初めこの谿間にはいってきた自分と、今ここにこうしている自分とが随分と異ってしまったように感じたが、なによりも私は非常な空腹を覚えていたので、やがて炊きあがった白い熱い飯を、なにも考えることなく餓鬼のごとく貪《むさぼ》り食ったのである。

不倫

そこにも光はあった。地衣《ちい》の発するかすかな光が。

とうとうクイクイが言った。地下水のしみでるようなにぶい音声だった。

「どうしてもおまえは殺せないというのだな」

「わからない」と、カーは呟いた。「おれにはわからないんだ」

むこうの薄闇の中に、年老いたクイクイは坐っていた。それでもカーは、クイクイがじれたように身動きするのを認めることができた。クイクイの背後には、このうえなく、緻密《ちみつ》な暗黒があった。岩肌も見えず、すべては漆黒の闇におおいつくされていた。

「おまえは病気なのだ」ににぶい音声が闇を伝わってきた。

「……おそらく、そうだろう」カーは呟いた。

「おまえは自分が何をしているか知らないのだ」

「そのとおりだ」カーは呟き、それから反抗的に声を強めた。「しかし、どうしていけないんだ？」

「いけない」——その声は甚《はなは》だ低く、それだけひときわ抵抗を許さぬものを含んでいた。「そう決っていることなのだ」

「決っている……」とカーは呟き、何度も頭をふった。「おれにはわからない。本当にわからないんだ」

「昔から決められていることだ。誰もそれを変えることはできない」

「もし、おれが変えたら？」

「変えられはしない。おまえに変えられるくらいだったら、とうに誰かが変えていただろう。今まで誰も変えたことがないことなのだ」

「おれはそいつを憎む」

「憎むがいい」にぶい、ひややかな声が言った。「そんなもので動かせるものなら、今までにも動いていたはずだ」

「おれはしきたりを変えたくはない。ただもっと一緒に暮したいだけなんだ」

「なぜだ？」

「彼女がいないと、おれは駄目になってしまう」

「ばかな」抑揚のない声が冷静に言った。「そういう気がするだけなのだ。それは錯覚だよ」

「わかっている」カーは声をおとして、ついで独りごとのように言った。「だが、とにかくおれは彼女を殺しはしない」

しばらく沈黙があった。むこうで闇がゆらぎ、年老いた男が触手をふるわしているのが感じられた。

「そんなことをすると」やがて重々しい声が言った。「おまえは爪《つま》はじきされるぞ。それだけで済むことではない。おまえはみんなに災いを与える者になる」

「どうしてだ、どうしてみんなに関わりがあることなんだ?」

「おまえのやることは破廉恥なことだからだ。これまでになかったことだからだ。混乱と腐敗を招くことだからだ」

「おれにはわからない」

「わからないはずがない」クイクイはさとすように音声を和らげた。「いいか。おまえは男だ。進んでゆく者だ。地下の岩から、この闇から離れてゆく者だ。女はそうじゃない。彼女らは早く死ぬ。すぐと大地へ、闇へ戻ってゆく者なのだ。男が同じ女といつまでも夫婦でいられるものではない。そう考えることすらいかがわしいことだ。もしおまえが彼女を愛しているのなら、みんなが昔からやっているように、とうに彼女を殺すべきだった」

「もし彼女を愛しているのなら……」と、カーは相手の言葉を無意味にくりかえした。

「しかし、愛というものはそんなものなのだろうか」

「考える必要はない。男は女に子を生ませ、三つにならねばならない。それで一つの愛は終るのだ。もしもいつまでも同じ女を妻にしているなら、われわれはやがて滅びる」

「おれは滅びたい」

「おまえは狂っている」憤りを含んだ声がカーの聴覚を打った。「彼女もそれを希《のぞ》んでいるのか？　彼女はしきたりどおりに死ぬことを希んでいるのじゃないか。おまえには務めがある。幾十の女を妻とし、彼女らに子を生ませなければならないはずだ。おまえはその義務をなげ捨て、しかも彼女の希みをも裏切るつもりなのか」

「おれにはわからない」カーは首をたれて、触手を身体にすりつけた。

「わからないことはない。これからおまえは彼女のところへ行くのだ。すぐと殺せ。考えずに殺せ。考えさえしなければ、おまえを正しい本能がみちびいてくれる。さあ、行け」

カーは動かなかった。うちひしがれて、触手をたれ、べったりと暗い岩の上に坐っていた。洞穴《ほらあな》の隅のあたりで、かすかに水のしたたる音がした。

「さあ、考えずに行け」薄闇にうずくまったまま相手はうながした。「わたしは待っていてやる。それまで誰にも話さないでおく」

「おれは行くよ」カーは呟いて、岩の上を這いずりだした。しかし、そこを出るとき、突然の激情にふるえながら、うしろに向ってこう叫んだ。

「おれは妻のところへ行く。だがおれは彼女を殺しはしない。金輪際《こんりんざい》、殺してたまるものか！」


カーは身震いしながら這っていった。地下道は暗黒が領していた。ところどころ地衣がおぼろげな鱗光《りんこう》を放っていて、そこらにいる未婚の女たちを照らしていた。彼女らは、うずくまったり這いずったりしながら、そここの岩のくぼみにひしめいていた。またなんと沢山の女たちだったろう。カーは彼女らを見るだけで吐気がした。男には誰とも会わなかった。男を捜すとなると、暗い地下道をながいこと尋ね求めなければならないのだ。

なんという運命なのだろう、とカーは思った。男が少なく、女がこれほど多いために、おれはこんな悩みを嘗《な》めねばならぬのだろうか。なるほど女は早く死ぬ。子をひとつしか生まぬ。生まれるのもほとんど女の子ばかりだ。おれたちがしきたりを破れば、たしかに種族は減るばかりだ。

といって、彼女を、あのおれの妻を、おれは殺せるだろうか。彼女を失って生きていられるだろうか。だしぬけに、カーはふたたび身震いをした。言いがたい苦痛が彼の身体をつらぬき、暗闇の中で彼はうめいた。彼は、あの女をさえも、彼女としか、おれの妻としか呼べないのだった。女たちには名前がないからだ。彼女も殺されれば地上に捨てられるだろう。乾からび、小さくなり、やがて砂と化してしまうだろう。彼女は永久に失われてしまうのだ。何も残らない。完全に何も残らない。

もし、彼女に名をつけてやったなら？　名を呼べれば、彼女はほかの無数の女たちから区別されるあるものになる。彼女が死んだら、おれはその名を呼ぶことができる。その呼声から、彼女は変らぬ姿をおれの記憶の中に現わすだろう。そうだ、彼女に名をつけよう。

この大それた考えを抱《いだ》いたとき、カーはいくぶん生気をとりもどし、反面、新しい不安にかこまれもした。とにかくクイクイに話さないでよかった。これはおれと彼女だけの秘密にしよう。おれはその名を呼び、彼女が自然死をするまで妻にしておくのだ。たとえ彼女がすでに子を生んでしまったにせよ、誰が、誰が殺しなどするものか。

いつしか、カーは自分の洞穴にたどりついていた。男のみの許されている私有の棲《すみ》家《か》である。妻となった女だけがそこに住むことを許されているのだった。

そこにも地衣がところどころにぶい光を放っていた。

「あなた？」かぼそい声が聞えた。待ちわびた、そのくせどこか弱々しげな声が。

「おれだよ」と、カーは言った。

「あなたね」もう一度女は言った。

カーはそのそばにいざり寄り、薄闇のなかに横たわっている見慣れた姿態に見入った。

彼女の触手がそっとのびてきて、彼の触手とふれあった。そのわずかな感触は、かすかなだけに、彼の皮膚に沁《し》み、その心を一杯にした。ふしぎな安らぎと、さきほどからの苦痛とが、カーの内部でまざりあった。

カーはしずかに、幾何《いくばく》かの生活を共にしてきたその身体を撫でさすった。この柔かな感じ、ほの暖かさ、包みこむような感じ、もとより露のように消えてしまうものではあるが、それを自らの手で永遠の闇の中へおしやることができるものだろうか。

二つの身体は、しばらくの間、闇のなかでからみあい、愛撫しあった。

「愛しているわ」やがて、吐息に似た囁きが女から漏れてきた。

「おれもだ」カーはこたえた。「おれもだよ、ヒービー」

「ヒービーって？」

「おまえの名だよ、ヒービー。おまえを愛している」

女がふいに身をもたげるのを彼は感じた。

「あたしの名？　あたしのための名？」ふるえる声が言った。「誰が許したの？　誰がいいって言ったの。いけないわ、そんなこと」

「誰にも関係のないことだ。ヒービーとおまえは同じものなんだ。そしておれは、これからずっとおまえのことをヒービーって呼びたいのだ」

「許されないことだわ」

「そんなことはない。おれはおまえの名を呼びたいのだ。わかるかね、ヒービー」

「やめて！」その声はほとんど叫びに近かった。「あたし、こわいの」

「どうしてだ、ヒービー？」

「お願いだから、やめて。お願いだから」

　カーは、暗闇のなかで身を固くしている妻を、半ばあっけにとられ、半ば途方にくれて眺めやった。彼には理解できないことだった。彼はそろそろと触手をのばして、ふるえている彼女の身体をそっとひめやかにさすりつづけた。とうとう震えがとまったとき、カーは言った。

「おれはもうおまえの名を呼ばないよ、だが、どうしてだか言ってくれ」

「だって」それだけで妻は身をかたくした。「いけないことですもの」

「そうか」彼は吐息をついた。「決められていることだからな。わかったよ」

「カー、あなたを愛しているわ」

ほそい柔かな触手をふれあわせたまま、二人はしばらく黙っていた。ようやく女は言った。

「あなたのおかげであたしは幸福だったわ。あなたと暮して、あなたに愛されて、カー、あたしたちの子を生んだのですもの。ただ……」

「ただ？」

「カー、あたし、こわいわ」ふいに女は、触手で彼につよくからみついた。

「だって、あなたはあたしをいつまでも殺さないんですもの」

「おまえ、よくお聞き」カーは言った。「いいかい。おまえはおれより先に死ぬ。これはどうしようもないことだ。しかし、おまえはおれの腕の中で、死ぬまでここにいなければいけない。まだおまえが生きているのに、おれが殺さなくちゃならぬなんて……」

「でも、それが定めなのよ。そして、あたしは満足なの」

「おれは満足しない」カーはきっぱりと言った。「しきたりなんか、おれたちが愛しあっていれば何でもない。なぜって、それは二人きりの事柄なのだから。おまえはおれをほんとに愛するね？」

「ええ」苦しげに女は言った。

「そしておれはおまえを愛している。せめて生きている間は一緒にいたい。おまえの寿命がつきるまでは妻にしていたい」

「いけないわ。だってあたし、もう子を生んじゃったのですもの」

「子が問題じゃない。おまえが大事なのだ」

「カー」さらに苦しげに女は叫んだ。「あたしはあなたを愛してます。あたしの母であるこの暗闇よりも、なによりも。でも、もしあなたがあたしを愛してるのなら、あたしの願いをきいて！」

「殺せというのか」

「………」

「おれには殺せない」カーの声はうめきに近かった。「おまえ、おれとこれ以上いるのがそんなにこわいか？」

「嬉しいわ。でもこわいわ。いけない、禁じられたことですもの」

「誰が禁じたんだ？　そうだ、みんなが禁じている。だが、二人の愛さえ強ければ、そんなものは変えられる」

「変えてはいけないわ」

「なんのために？　一体なんのために？　しきたりのためにか？」

「いいえ、しきたりは形です。もっと何かがあるの。言えないわ。あなたにはわからないわ。でも、何かがあるの」

「おまえ、死ぬのがこわくないのか？」

「いいえ、定めですもの。あなたが愛してくれたのですもの。そのあなたが殺してくれるのですもの」

「……おれには殺せない」

それきり二人は顔をそむけあった。地衣がにぶく光り、背後でかすかに水のしたたる音がした。

カーには理解できなかった。憤《いきどお》ろしかった。たしかに男と女はちがうのだ。どうして、なぜこんなに喰いちがうのだろうか。クイクイであれ、他の誰であれ、彼と喰いちがうのは仕方のないことだった。しかし、彼女と、ヒービーとかけ離れているという意識は堪えがたかった。

氷のような悲しみがカーをうちひしぎ、彼はうめきながら妻を抱いた。

かすんでいた意識が戻ってきたとき、カーは女の喉をしめていた。しきたりどおり、三本の触手をそろえてしめた。いくらかもがき、いくらか苦しみ、そして、彼女は動かなくなった。カーはぼんやりと、もう動かなくなった妻の身体を眺めやった。そっと皮膚をなで触手をいじってみた。皮膚からは体温が去ってゆき、その触手は力なくだらりとたれさがった。そうだ、彼女は死んでいた。彼が殺したのだった。

カーはながいこと死体のそばにうずくまり、身じろぎもしなかった。それから彼はしのび泣いた。しかし、うめいたとて泣いたとて何になるというのだろう。背後でまた水のしたたる音がした。

カーは身を起した。今となっては、妻を捨てねばならなかった。

彼は女の身体を抱きあげ、かつぐようにした。その身体は意外に軽く、残っている体温が皮膚に伝わってきた。カーが這いだすと、彼女のほそい触手は宙にゆらゆらと揺れた。

洞穴の入口をくぐり、暗い地下道をカーは這っていった。無数の女たちが無言で、そこここのくぼみに身をよせながら、死んだ妻をかついでゆくカーを眺めていた。ところどころ完全な暗黒が領していて、カーは触手をのばしのばし這った。光苔《ひかりごけ》の生えたところでは微光が盛りあがるようにさしていて、湿った岩肌と、くぼみにいる沢山の女たちの影を浮きださしていた。彼は、軽い妻の身体を抱きなおし、わき目もふらず進んだ。ときどき、もう動くことのない妻の触手がたれさがってきて、這うのに邪魔になった。その触手はすでに冷えきっていて、持ちあげてもだらりとたれさがるだけであった。

地下道は少しずつ地上へと近づいていった。微妙な温度の差と地質の差でカーはそのことを知ることができた。

だしぬけに、背後から呼びかけるものがあった。

カーはふりむいて、そこに暗闇よりもさらに濃い影となってうずくまっているクイクイの姿を認めた。クイクイの音声には、深い安堵とやさしみがこめられていた。

「カー、とうとう殺したね」

カーはおし黙って動かなかった。

「よく殺した」にぶい銹《さ》びた声でクイクイはつづけた。

「つらかったろう」

カーはやはり無言で、軽い妻の死体を六本の触手でしっかりと抱いていた。

「しかしおまえはわたしを手こずらしたよ、カー。だが、じきに忘れる。今度からはもっと楽に殺せるようになる」

「もういい」とカーは言った。「もうやめてくれ」

「行くがいい」とクイクイは言った。「ちょうど上は夜だ。おまえの妻を捨てておやり。よく殺したな、カー。さもないと、わたしはおまえを殺さねばならぬところだった」

相手はゆっくりと身体をまわした。暗闇がゆらぎ、去ってゆく年老いた男の姿を呑みこんだ。

カーは妻の身体をかかえなおした。そして、地上へむかって長い曲りくねった地下道を進んだ。クイクイとひとことであれ言葉をかわしたことが、彼を虚脱からいくらかひきもどし、カーは這いながら涙をこぼした。

地上は夜であった。クイクイの言ったとおりだった。それでも地下の暗闇に慣れた視覚には、星々の光輝は痛いほどまばゆかった。もしも夜でなくて火の星の出ている時刻だったなら、とても目をひらいてはいられなかったろう。

彼方《かなた》にくろぐろと険しい岩山がそびえ、地下道の入口の附近は一面の砂漠だった。乾いた、地衣も生えぬ砂の起伏が、星かげの下にひろがっていた。

カーは、その砂の上に妻の身体を横たえた。ついで彼女の触手の端をつかんでひきずりだした。捨てる前に砂をまぶさなくてはならないからである。

ときどきカーは、丸っこい砂のかたまりに突きあたったが、それは以前捨てられた女の屍体《したい》であった。あちこちに妻であった女たちは捨てられていた。乾からびて砂に包まれて、やがて砂嵐と共にどこかへ消えていってしまうのだ。

横手の方角に黒い影がうごいていた。ほかの入口から妻を捨てにきた男のようだった。その人影はひとしきり死体をひきずり、無造作にぽいと投げすて、まもなく地下に消えた。

しかしカーは、ながいこと妻をひきずって行った。摑《つか》んでいる死体の触手は冷たく、彼女のものとは思えなかった。ふりかえると、彼女の身体はすっかり砂におおわれ、もう懐しいその姿態を見わけることもできなかった。それでもカーはなお先へ先へと進んでいった。這いながらカーは涙をおとした。

とうとう、とある砂山のかげにカーは妻の身体を横たえた。砂にまみれて見るかげもなくなった身体を。それから触手でそこの砂を掘りはじめた。砂は乾いてさらさらと崩れ、掘るのに骨が折れた。掘りながらカーは涙をおとした。

妻の砂にまみれた死体を入れ、まわりの砂をかぶせると、もう何もなくなった。完全に何もなくなってしまった。そこらの石ころをいくつか拾ってきて、その上に丸く置いた。こんなことをする者はおよそなかった。誰も見ていなくてよかったのだ。しかし、こんなことをしたとて何になろう。ひとたび砂嵐が吹けば跡かたもなくなってしまうだろう。

丸く並べた小石のそばに、カーは長いことうずくまっていた。そして、低い声でくりかえした。

「ヒービー。おれのヒービー」

ここでいくら呼んだとて、誰もとがめる者はいなかった。ヒービーは砂の中にいる。しかしおれが呼ぶとき、彼女はその声の中にいるのだ。

ついに彼は呼び疲れて、砂の上に横になった。こんなことをしていて何になるのか。もう地下へ戻って、新しい女を妻にしなくてはならないのではないか。

だが、カーは戻りたくはなかった。

彼の目には、広がった砂のゆるやかな起伏と、星々をちりばめた荘厳な夜空が映った。星たちはまたたいて、語りかけるようにふるえていた。一つの月が地平線上ににぶく光り、もう一つの月は見えなかった。さまざまな星のつらなりを、その光の強弱を、カーはしばらく見守っていた。昔は、死んだ女たちはあの星の上に行くのだと言い伝えられたものだ。中天ちかく、かなりつよく輝いている白い星が目にとまった。カーはその星を知っていた。たしか火の星の三番目の子供で、その星には、古老たちの説によると、カーやクイクイやヒービーたちに似た生物がいるという話だった。意志を自由に伝えたり、複雑なことを考えたりすることのできる生物が。

あの星の生物たちも、とカーはちらと頭の片隅で思った。やっぱり一人の女を死ぬまで愛したりはしないのだろうか。そんなことは禁じられた恥ずべきことなのだろうか。

それから彼の目は、地上に戻った。乾いた砂の上に、なんのこともない小石が丸い形に並んでいるばかりであった。

死

その昭和二十八年の二月、私は仙台の大学病院でインターン生として実習を受けていた。実習もそろそろ終りで、怠けようと思えばいくらでも怠けられ、それよりも四月の国家試験のことが頭にかかっていた。

医師国家試験というものは大体合格するのが大部分である。それだけに、万一落第すればこれは醜態であり恥辱でもある。そうは思うものの、なかなか勉強が手につかない。仲間の様子を窺《うかが》っても同様であるらしかった。

私たち医学生は、大体他の学部よりも一年長くかかっている。それに一年のインターン期間がある。それに加えてこの国家試験がある。いい加減試験というものが厭《いや》になり、飽々し、もう結構だという心理状態にある。

そんなこともあって、私の属している仲間は勉強するよりも飲むことのほうに精を出す者が多かった。

今から考えても、みんな一様に学生の癖によく飲んだものだと思う。まず仙台駅近くの大きな酒屋へゆく。当時は酒屋が店内にちょっとした椅子テーブルなどを置き、小売値で飲ましていた。ちょうど大きなキャバレーの前にあり、進駐軍の米兵がウィスキーの小びんをラッパ飲みしていたり、キャバレーに行く客がしみったれて下地を作っていたりした。それから東一番丁の小さな飲屋へ行く。バーをも覗《のぞ》いてみる。知合を捜すのである。彼らは飲屋で知合った大人たちで、私たちが学生だからというのでおごってくれるのである。私たちは無理算段をしてずいぶん飲み、またこのように他人にたかったりしてずいぶん飲んだ。

当時、私は夢をしきりと見た。私はフロイトやエリスの夢に関する書物をよみ、夢に興味を抱いていたし、精神科に進むつもりであったから、将来は夢を研究してみようかなどとも考えていた。それで私は見た夢を片端から書きとどめることにした。これは実行してみるとわかるが、慣れてくるにつれ次第に詳細な点まで書きとどめられるようになるものである。夜中に目を覚まし、すぐさまスタンドの灯をつけて、枕元においてあるノートに筆記したりした。悪夢でうなされたあとで、エリスが記述している一例のように腹がごろごろ鳴っているのに気づき、ささやかな昂奮を抱いたこともあった。

そのようにして蒐集《しゅうしゅう》した私の夢はさまざまだが、それがあからさまであれ或いは秘められたものであれ、性欲に根ざしたものが少なからずあった。当時、私はそういう年齢にいたわけである。

試みに二、三を抜いてみる。

「暁方の夢。元一平のI子が部屋にいてキスをす。舌を噛む歯の感触明瞭。すると兄貴がきて（その足音にも彼女は口を離さない）なにか患者のことを手伝ってくれと言う。戻ってくると置手紙があって、私はあなたに身をまかせられぬ、という意味のことが書いてある」

「はじめバスだか汽車だかに乗っている。手に銃を持っている。男が僕が腰かける邪魔をするので腹が立ったが、これは銃がつっかえたためであった。女が銃をいぶかしげに見ている。家のそばの駅にて下車、するとバスの女車掌追ってくる。僕が出した切符が贋物《にせもの》か、盗んだものだというようなことを言い、怒っている。僕も立腹し、じゃあ行くところへ行こう、警察へ行こうと歩きだす。いつの間にかデパートの食堂の前なり。彼女と僕はもうお互に怒っていない。僕は警察へゆく前に、『とにかく飯でも食おう』と言い、おごるつもりでいる。すると女はさっさと金を出して券を買ってしまう。何を買ったかと見ると、定食の券で、僕は金を使わしては悪いと思い、こんなもの要らぬ、コーヒーかお茶でよいと言い、券を撤回させる。たしかそのお茶は二人分で四十円で、売子が損したような顔をしている……」

もっとどぎつい夢もあった。

「赤ん坊を刺殺す。肋骨《ろっこつ》の間一箇所、ずっと下を一箇所、メスを入れれば即死する箇所がある筈だのに忘れてしまって仲々死なぬ。仕方なく切りきざみ、内臓ズタズタにす。けれど顔を歪《ゆが》ませ泣きわめき、怖ろしい。やがて警官がきて調べると、畳だか敷物だかに血の跡が点々としている。これは捕えられると覚悟してしまう……」

この夢を強いて分析してみれば、以前ある女と寝ようとして、その女が妊娠し易いというので中止したことから由来したもののようでもあった。

そんなふうに、その頃、私はかなりの酒を飲み、性欲に関係する夢を多く見ながら、あまり国家試験の勉強もせずに自堕落に日を送っていた。

二月二十五日、その日はなかんずく午前四時ころ、私は篠井さんという友人と甚《はなは》だしく酔って下宿へ戻った。篠井さんは高等学校の一年上で、陸上競技部の選手だったため、いつもグラウンドを飽くことなく走っている顔立ちは見知っていた。それが一年浪人をして、仙台の大学を受験するための汽車の中でたまたま同じ高校から二、三人一緒に受験にゆく私たちと一緒になったのである。そのとき、私たちは心の中で、なに浪人にまけるものかと思っていた。篠井さんは車中で試験科目の話題になるたびに、「え、そんなことは俺知らんぞ」と慌《あわ》てて本を開いたりして、いかにもお人好《ひとよし》で頼りなげに見えたが、幸い篠井さんも一年後輩の私たちも一緒に合格し、医学部では同輩となった。しかし篠井さんには酒を飲むにしろ何にしろ一日の長があったから、私たちはやはり彼を「さん」づけで呼び、いわばリーダーのような位置においていた。

篠井さんは一時飲屋の女と同棲し、次にその女を捨てたりしたものだから、私などは多少羨《うらやま》しく思い、かつ一目おいてもいたのである。

その夜、いやその晩方、私は篠井さんと手ひどく飲み、彼の下宿が遠かったから、二人して私の下宿へ帰ってきて、一つの蒲団にちぢこまって寝た。

するとさまざまの夢を見たらしいが、その中に父に関する夢を見た。どこか地方に旅行をして、そこに父がいるらしく、父の崇拝者の招待の宴のような場所らしかった。父——斎藤茂吉《もきち》という歌人であるが——はすでにひどく老いていて、というよりこの冬休に帰京してみたときには廃人のようになっていて、私は遠からずくる父の死を覚悟してはいたが、そのように毎夜の夢を記述しているくせに、絶えて父が夢に現れることはなかった。それなのに、このときは明瞭ではないが確かに父に関する夢を見た。父それ自体は現れなかったように思うが、とにかく父がそこにいる雰囲気であった。

午前中、電報配達夫がきた。私の部屋は二階だったが、階段の下が玄関になっていて、「電報!」の声がはっきりと聞えた。咄嗟に私は父の死を聯想し、朦朧《もうろう》とした宿酔《ふつかよい》の中にありながら、一瞬ぎくりとした。だが、その電報は「渡辺」宛、つまりその下宿の家にきたものだった。私はふたたび寝た。

昼すぎ、またもや電報の声がしたが、前のことがあったので、どうせ渡辺さん宛だと思い、私は起きようともしなかった。下宿のお婆さんが留守らしく、篠井さんが起上って階下へ降りてゆくのを私は夢うつつに聞いた。すると「サイトウソウキチ」という配達夫の声がきこえた。斎藤宗吉は私の名である。どきりとして床の上に起上って、篠井さんが持ってきてくれた電報の上を見ると、「トウケウ」からである。「来たな」と思って開いてみると、果して、「チチキトクスグ　カエレ　シゲタ」とあった。茂太は私の兄の名である。

そのとき、何を考え、どのように感じたかは記憶にない。

急いで汽車の時間表を調べると、東京行の汽車はあいにく夜までない。困惑していると、篠井さんが電話のことを言ってくれた。下宿には電話がないので、前の家へ行って電話を借りた。十五分くらいで通じた。兄がでた。

「どうですか？」と私は言った。

受話器の中に、やはり医師である兄が、

「ゲシュトルベン（死亡）」と、ぽつりと言うのが聞えた。

すると、突如として涙がこみあげ、声がどうしようもなく震えるのを私は抑えることができなくなった。それは唐突な、自分でも思いがけない感情の激動であった。あとで電話料金を局へ問いあわせている間にも、だらしがないと思いつつ、ひっきりなしに涙がこみあげてきた。

下宿に戻って、篠井さんも一緒に遅い昼食をとった頃から、私はようやく落着き、冗談を言ってみたりした。

しかし、父は死ぬべくして死んだのであった。とうにその頭脳の動きは停止し、肉体だけが弱々しく、だが目をそむけたくなるような老耄《ろうもう》の状態で執拗《しつよう》に存続していたにすぎず、私が物心ついてから知っている父という人間はもっと前からこの世から失われていたといってよかった。

戦後、父は疎開先の大石田《おおいしだ》で肋膜炎を患った。それから急速に肉体的に衰えた。昭和二十四年頃から歩行がかなり不自由になった。軽い左半身の麻痺《まひ》も起した。更に二十六年の二月、はじめて心臓の発作がやってきた。二十七年の四月にも、つづけて二度大きな発作があった。呼吸が切迫し、口唇、手足にもチアノーゼが現れたそうである。だが父は生きのびた。

そのような肉体の衰えは、年齢からいっても既往症からいっても必然的なものであったかも知れない。だが、それに伴なって精神の衰退がやってきた。もっと端的にいえば、父は頭脳をやられたのである。おそらくは脳動脈の硬化からくる老年性痴呆への進行が徐々に訪れてきていた。それは治療法とてない老年の残酷な生理の現れであった。

前年の十月、帰省したときに私はすでにそうした父の姿を見ていた。寝かされている寝床から、人がいないと、父はすぐ起上ってしまった。「おい、おい！」と叫んで、戸を叩いた。抱きかかえて歩かせようとすると「痛い、痛い！」と、はっとするような大声を出した。長い言葉は、もう舌がもつれて言えないようになっていた。かかえられて食堂の椅子へ行き、また部屋の籐椅子《とういす》に坐り、床に坐り、どこにいても落着かず、ふたたび起上ろうとして「おい、おい！」とやや獣じみた声で言った。椅子へ腰かけさせて、その膝に膝掛けをかけたあと、ふいに「ありがとう」などとまともな言葉を言うと、こちらがかえってうろたえるほどの老衰ぶりであった。

あるとき、しきりと「下等な……」と言いかけて、あとが出てこなかった。自分のことを「下等な動物」とでも言おうとしたのではないかと私は先走って考えたりした。

この正月に帰省したときには、父の症状は更に進んでいた。自分から歩くことはもうできなかった。介助して椅子に腰かけさせて食事をさせるのだが、ときに手摑《てづか》みで食物を口へ運ぼうとする。蜜柑《みかん》の皮をおぼつかなくぶるぶる震える手でむき、皮のほうを口にもっていこうとしたりした。私を見てもほとんど反応がなかった。以前は休暇に帰るたびに喜んでくれたものであったのに。

失禁が始まっていた。どうしても尿を人に教えられず、洩《も》らしてしまってから、「おい、おい」と呼んだ。従って、父のまわりには強い尿臭が立ちこめていた。じっと寝かしておこうとしても、這いころんで蒲団から出てしまうこともあった。ひっきりなしに「おい、おい」という獣じみた呼声を立てた。私は『マルテの手記』の中の、声を出して叫ぶ侍従職クリストフ・デトレフ・ブリッゲのおぞましい死のことを考えたりした。傍《そば》にゆくと、父はぎゅっと私たちの腕を摑んだ。その指にはかなりの力があり、摑まれると痛かった。まとまった言葉はひとことも言えないようになっていた。すでに有体《ありてい》にいって父は痴呆化していたのである。

こうして老残というより生ける屍《しかばね》のようになってしまった父を、私はなんともいえない気持で眺めた。四六時中父を看護しなければならぬ他の家族に比べ、私はいわば楽な立場にあった。ある日数が経てば、見ているのが辛い父のそばから離れて仙台へ戻ってゆける身の上であった。それならばせめてその休暇中、父のそばにもっとついていてもよいのに、私はそれをしなかった。自分の用事にかこつけて外出したりしてばかりいた。

父の全集によると、前年、昭和二十七年度の歌はわずか十二首である。それも全部がその年の作ともいわれぬから、ほとんど歌作はなかったといってよい。

その中に、次の作がある。

いつしかも日がしづみゆきうつせみのわれもおのづからきはまるらしも

これは母によると、いつの間にか枕元の紙に書きつけてあったというのである。これがほとんど最後の作といってもよい。全集の配列によると、次の作が末尾になっている。

口中が専《もは》ら苦きもかへりみず昼のふしどにねむらむとする

いずれも遅くても初夏までの作の筈である。そしてもはや歌を作らなくなった父は、急速に老廃への道を辿りつづけ、昭和二十八年の正月には、前記のような哀れな状態に立到っていた。

そして私は二月二十五日の昼すぎに父の死を知らされた。宿酔のときに報知を受けたのは我ながら醜態といえるが、この死は早くもなければ遅くもない。当然来るべきときに来たのだ、と、やや落着いてきた私は思った。

仙台に一人遠縁の者がいた。そこへ今夜の夜行で帰るむねの手紙を出しにゆく途中、ひびく。

気温はばかに冷えていた。曇りきって、わびしい白っぽい光が漂っている。子供の声のみかしましい。ポストのわきに犬がいて、手を出すとその鼻先が異常に冷い。師範学校の窓の割れたガラスの残りをはがして下へ落しているのが、するどく寒く周囲に

下宿に戻ってきてからも、夜まで為すことなく、致し方なく床に横になった。悲哀の念はもはや過ぎ去ってしまった感がある。うつろで、ぼんやりとして、ただ、父はいなくなったのだな、もういないのだな、と何遍も考える。

下宿の人たちと一緒にとる夕食の席で、ラジオの七時のニュースが父の死を伝えていた。その報道も私の知っている父とは無関係の事柄のように思えるばかりである。

夜八時二十分の急行に乗った。急行といっても東京に着くのは翌早朝になる。車中では私は眠れない。これは昔からの癖である。夜汽車にゆられながら、窓硝子《まどガラス》にこまかい水滴の群るのを、停車した駅の改札のむこうの街道が濡れたように光るのを私は見た。待ち合せのため長く停ったどこかの駅のホームに降りたってみると、果してひややかな霧雨《きりさめ》となっていた。

なおもうつらうつらと夜汽車にゆられながら、私は父のことを遠い世界の事柄のようにぼんやりと考えた。

幼い頃から、こわい父と思っていた。父は屢々《しばしば》憤怒した。舌打をして、全身を震わ

すようにして憤怒した。この憤怒に、いつまで経っても私は慣れなかった。誰か他人が怒られているのを、はたで聞いていても怖ろしかった。

あるとき玄関に客が見えた。地方から上京してきたアララギの会員であるようであった。女中が、先生は風邪で寝ているからお目にかかれない旨を伝えた。しかし客は、遠くから出てきたのだからお顔を一目でも、と言った。女中が二階へあがっていってしばらくすると、階段をどかどかと、たとえてみれば父がよく使用する衝迫というような語句にぴったりする響を立てて、父が降りてきた。そして父は憤怒を爆発させた。おれは本当に風邪で寝ている。嘘だと思うのか！　こういう場合、父はひとことでやめず、およそ五分間ほどもやむにやまれぬ憤怒に身を震わすのである。唐紙《からかみ》ごしに聞いている小学生の私まで、身がちぢこまる思いがした。

父の憤怒ぶりは、いつも全身全霊をこめていて、身内の者、あるいは親しい弟子のような立場の人が多く被害を蒙《こうむ》ったが、ともあれ何かにつけ、ごく些細なことからもしきりと憤怒した。

父が自ら随筆に書いているが、ある西洋人の女の患者を転院させようとしたところ、その通弁にひどく無礼な男がいた。

「……ホテルにゐる彼男と私の分院の看護婦長とがしきりに談合してゐる。婦長は寧《むし》ろ哀願的な口調を交へて転院せんことをせまつてゐるが、男の方でどういつてゐるのか、何時《いつ》までたつても話の埒《らち》が明かぬので、私が電話口に出てやはり彼女の転院のことを話すと、驚くではないか、彼男は私にむかつて『何ですか、それは』とか『そんなこと何時約束しました』とかいふ口吻《こうふん》の言ひ分である。私は焔《ほのお》のやうに憤怒して、もう容赦はせない。直ちに彼の言ひ分を征伐し、M病院に転院せしめることを院長に談じた……」

このように自分で書いているごとく、「焔のやうに」であり、「もう容赦はせない」であり、「言ひ分を征伐し」である。さながら戦争であり合戦である。憤怒される方は堪《たま》ったものではない。

私が中学一年のとき、英語の書取りでひどく悪い点をとったことがあった。そんな答案は見せなくてよかったのに、なにかの拍子で父に見せた。すると父は焔のように憤怒し、直ちに英語のリーダーを持ってこさせて、一時間近くも私に書取りをさせた。父は極めて多忙で不断は子供たちのことをあまりかまわなかったにもかかわらず、いいったん憤怒すれば一時間も自ら書取りをやらせ、その間私は言いがたく息がつまった。そのようにこわい父ではあったが、一体に父は子煩悩《こぼんのう》ではあった。だがその愛情が強烈な体臭にみちた自我から発散されるものであったから、子供の方にしてみれば息がつまることであり、有難迷惑のようなところがあった。有体にいって、同じ子供でも女よりも男に目をかけた。学校の成績のよいほうを愛した。私は、小学校中学校のうちは成績がよい方であったから、まず父の愛情を多く蒙ったといってよいが、中学を出るまではいずれにせよこわい親父《おやじ》をもって損をしたとしか考えなかった。

兄も姉も妹も、もちろんのこと父より母を好いていた。母は私のずっと小さいときから父と別居し、本家の叔父の家に暮していた。母が家に戻ることを許されたのは終戦の年の春である。それまで私たちは日曜日などにこっそり叔父の家に行って母と会っていた。たまに会う母は優しく思えたし、母の許《もと》へ遊びに行ける日は愉しく素晴しいことと思われた。事実は母も我の強い女で、そういう我の強い者同志がしっくりゆく筈もないのである。ともあれ、子供には微妙なことはわからないから、母を追いだした父に対して、私たちは恨みのような気持も抱いていた。

多忙の父は母のところへ行く私たちを大体黙認していたようだ。一度、どこへ行ってきたかと尋ねられて、私は嘘を言った。このとき、

「お前は嘘を言うようになった」と激しく叱られたことがわずか記憶に残っている。

　あはれあはれ電のごとくにひらめきてわが子等すらをにくむことあり

という父の歌があるが、或いは父の憤りはそのような心情に通じたのかも知れない。子供らに対して滅多にない我の強い愛情を持っていたが、父が専横なことも確かで

あった。

　私が小学校一、二年で将棋を覚えたときには、父はおもしろがり、むしろ喜んだものだ。それが段々と熱心になってきて、新聞の棋譜を切抜いたり、父を負かすようになると、もう将棋はまかりならんということになった。

　父は将棋は弱い方だった。性格そのままに、まず飛車を中飛車にふって、両銀をくりだして、遮二無二《しゃにむに》攻めかかる。うまく中央突破に成功すれば大層な勢で父の勝利となる。しかし、いったん防がれてしまうともうお終いなのであった。それでも負けず嫌いだから、幸田露伴《こうだろはん》に六枚落《おち》で負かされたときには、夜店から定跡《じょうせき》の本を買ってきて小学生の私相手に研究したりした。

　父はこう言って私に将棋を禁じた。

「大学にはいるまでは勉強だけをやれ。大学にはいったら師匠につかせてやる。なあに、そうすればすぐ初段になれる」

　この公約はまるで嘘で、大学生になっても父はべつに師匠につかせてはくれず、益々勉強だけをしろと言った。

　将棋を禁じられたのはまだいいが、昆虫採集を禁じられたのは私にとって衝撃であった。小学校の終りころから私は昆虫を蒐《あつ》めだし、中学の二年三年になるとマニアじみてきて、将来は昆虫学者になるつもりであったからである。ある昆虫同好会の機関誌を、自宅にとるわけにいかなくなったので、病院の運転手に頼んでその名儀でとって貰うことにした。あるときこの策略がばれて、私も運転手もひどく叱責された。昆虫採集などなにも悪い趣味ではないと思うのだが、学校の勉強の妨げになるものは父は許そうとしなかった。かたくなに勉強だけをしろと言った。学業以外の書物を私は机の引出しに入れて読み、父のくる足音がすると——幸い父は極めて特徴のある、よく音のひびくせわしない歩き方をした——すぐに引出しを閉めた。

学校の試験の結果を父はよく独特の専横な訊き方で問うた。

「どうだ、みんなできたか?」

私は、大抵はできたが、一題できなかった、と答える。すると、

「なんでだ? どうしてできないのだ?」

と、父は畳みかけるように歯がゆくてならぬように言った。

そうは言われても、できなかったものはこれは仕方がない。だが父は、そういうことには甚だ物分りがわるく、いつも長いことくどくど憤激するのを常とした。

「どうしてだ? できない筈がないではないか?」

そのたびに、私はこういう親父を持って損をしたと思わないわけにいかなかった。

私が中学四年で高等学校の入学試験に落第したときも、父は長い時間をかけて立腹し、理不尽な叱り方をした。二次試験で戦争中にあった東大附属医専に合格した。私

は白線帽に憧れていたから、当然もう一度高校を受けるつもりであった。中学はまだ一年ある。浪人するわけではない。ところが父は戦局もおし迫っていることだし、学問もせぬうちに兵隊にとられる怖れがあるから、医専にはいった方がよいと考えた。こういうとき父はさまざまに熟慮し、熟慮しすぎて決断がつかぬことが往々にしてある。わざわざ私を連れて、東大の病理学教室の平福一郎先生の許へ相談に行った。その帰途、またしばしの熟慮ののち、「お前はやはり医専にはいれ」と命じた。否《いや》も応《おう》もない。もの悲しい気持で私が頷くと、父は急に優しくなり、専門的な高価な昆虫図鑑を買ってくれたりした。

医専に通いだして三日すると、父は私を呼びだして訊いた。

「宗吉、お前はいま幾つだ」

「十九です」

「十九か。それは歳を数えちがえた。それならまだ兵隊にとられることもあるまい。どうだ、もう一度高校をやるか？」

結局私は中学五年に復帰したが、このときも私のことをあれこれと心配してくれる父の気持はわかるものの、それにしても横暴で身勝手な父親だと思わないわけにいかなかった。

このように私は父のことを、おっかなく、煙ったく、多少恨みがましくも思いつつ過してきた。それが、終戦の年に唐突にその経過が変った。

いま思いだしてみてもそれは慌しい年であった。その年、私は松本の高等学校に合格していたが、ひきつづいて中学から動員されていた工場で働いていた。四月、父は山形県に疎開をした。そのあと動員先の工場が焼け、五月の末、私の家も焼けた。私は生れてはじめて家から離れ、松本へ行くことになった。そういう環境の変動と、ちょうど精神上の思春期にあったことが大きな原因と思われる。家が焼けてから世話になった親類の家にたまたま父の歌集があった。『寒雲』という歌集を貰って私は信州へ発った。

私はそれまで文学書をほとんど読まなかったし、まったく父の歌など読んだことがなかった。本棚に斎藤茂吉著『長塚節《ながつかたかし》』という書物があるのを見、それを長塚節《ぶし》とよみ、はて父は歌人の筈だが民謡の研究でもしたのかしらんと思ったほどである。

戦局は日と共に我に不利であった。松本の町の上空をも、新潟の港に機雷を投下しにゆくB29の編隊がしきりと通過した。寮から校庭をへだてて真向いにある迷彩をほどこした商業学校の建物には、軍の秘密部隊がいて、ロケットエンジンの実験をくり返していた。間隔をおいて轟音《ごうおん》がひびきわたり、ついで白煙が濛々《もうもう》と立ちのぼった。しかし、瓦礫《がれき》と灰だらけの東京を遁れてきた身には、松本の町は静かで、夜には附近の水田の蛙の声がかまびすしかった。そのような何とも言いがたい蛙の群唱を私ははじめて聞いた。つまり、「遠田《とほだ》の蛙《かはづ》天に聞ゆる」である。

多分に感傷的な気分で、私は父の歌を読んだ。こう書くのは恥ずかしいが、それは生れてはじめての打震えるような読書体験といってよかった。大半が青春期の感傷であろうが、父は私の前で唐突に大きく変貌した。おっかないやりきれない父ではなく、茂吉という歌人に変貌したのである。私は『朝の螢《ほたる》』という自選歌集をも手に入れてむさぼり読んでみた。この方が感銘は更に強かった。つまり私の家の横手から連る青山墓地が、私がそこに生れて厭だと思った狂院が、幼いころからのなじみ深い雰囲気が歌によまれていたからである。ほとんど幾何《いくばく》もなく、私は一人の茂吉愛好者、或いは崇拝者ともなっていた。

終戦の前の七月、一時寮が閉鎖となり、私は父の疎開先の山形へ行くことができた。一種異様な心境である。私はつつましい気持にさえなっていた。ところが、当時の困難な旅をして辿りついたその疎開先で、父は相変らずやりきれない口調で母に小言を言ったり――母は家が焼けてからそこに同居していたのである――つまらないことにあれこれと気をまわしていらだったりばかりしていた。なかんずく蚤《のみ》に対して憤激していた。要するに、茂吉という人間は書物で見ているのが一番いいので、実物のそばに長くいると息がつまりかなわなくなる存在のようであった。それでも私は父が散歩に出た留守に、ひそかに『赤光《しゃっこう》』『あらたま』というような歌集をとりだして小さな手帳に筆写した。

私の父へのひそかな崇拝はその後もずっと長く続いた。地方の学校にいて離れていればいるほど、その念は強まった。私は大学も仙台だったから、この状態は長くつづいた。そして、父ももう歳老いているのだから今のうちに孝行しようと考えて、休暇に戻ってゆくのだったが、父のそばに戻って日が経つにつれ、その我の強すぎる体臭に圧迫されて、早く地方都市へ帰りたいという気が起ってくるのをどうする訳にもいかなかった。

たとえば私は大学にはいってからのちも煙草を禁じられていた。父は若い頃「尻から煙が出るほど」煙草を喫《す》っていたが、健康上の理由から禁煙し、その体験をかたくなに息子にも押しつけた。あるとき、もう夜更けて父も寝ているから気づかれないだろうと思い、うっかり隣室で煙草に火をつけたことがある。一服か二服しないうちに、「こら宗吉、煙草を喫ったか！」という怒声が唐紙ごしにとんできた。そういうところは動物的に敏感であった。

夏の休暇を、私は父と二人きりで箱根の山荘の離れで過した。私が炊事をやり、二間きりの家で一夏を過すのだから、一方ならず肩が凝った。父は私に庭の草刈をさせたり、樋《とい》につまった落葉をかきださせたり、或いは室内を掃除させる間、そばに立って監視し、指示し、舌打をした。自分の思った通りにならないと気に入らぬので、他人にまかせ放しにはできぬ性分であった。夏休みの前半は私はまだ父のそばに暮すのを嬉しく光栄なこととも思ったが、あとの後半は正直のところうんざりした。医学書以外の本も、大抵は父に隠れて読まねばならなかった。相変らず煙草を禁じられているので、日に二、三度附近の林に行って煙草を喫った。雨の日は傘をさして煙草を喫いに行った。

それでも私は父の部屋を掃除しながら、坐り机の上にある父の手帳を盗み見るのが愉しみであった。父も年と共に衰えてきていて、以前は殊に夏の間精力的に勉強したものなのに、歌作もずっと減ってきていた。手帳にたまにいい歌を見つけると私は嬉しかったし、どうでもいいような歌が並んでいると、茂吉ももう老いたな、と思った。その父はもうあまり作歌もせず、母屋を貸している借家人のことを神経質に気に病んだり、竹行李《たけごうり》についた虫のことを気に病んだりばかりしていた。ときたま私に医学のことを質問し、私が答えられぬと、舌打をして立腹した。

「おれが何十年前のことを覚えているのに、現役のお前が知らぬとは何事だ！」

息がつまる休暇が終ると、私は地方の都市へ戻り、そしてそのように遠く離れてみると、ふたたび父に係恋《けいれん》に似た情をすら覚えるのだった。

ここ何年か、そのような繰返しであった。そして私はまだ一度も、自分の心を満足させるだけ老いた父に尽したことはないのであった。

……五時二十分に上野に着いた。省線に乗りかえ、池袋辺りでようやく夜が白んできた。新宿の駅の外へ出ると、やはりこまかい冷い雨が降っている。タクシーで六時頃家に着く。

通夜は行わなかったので、家の中はひっそりとしていた。起きていた妹に連れられて父の居間に行く。隣室に母が寝ているらしいが起きてはこない。そこに、父の遺体が絹の蒲団に寝かされていた。父はもっと穢《きたな》い蒲団に寝ていた筈である。今は綺麗な蒲団だが、その身体はもはや動くことがない。

ガーゼをめくって死顔を見た。瞬間、やはりぎくりとした。痩せた、あおじろい、そしてどこか鋭い顔がそこにあった。髭《ひげ》（二、三日前に看護婦が剃ったという）がまばらで、口のまわりが少し膨隆していた。やや頬骨がでっぱり、閉じられた目はほそく小さく見えた。短い睫毛《まつげ》が長い眉毛と対照的であった。かすかに口をあけて、長いこと見つめているとかつての見慣れた寝顔ながら、やはりするどい死の世界の人となっていた。背後で、妹のむせぶ声がした。居間には他に聞える音とてなく、ひどく冷えていた。

いったん食堂へ行って茶を飲み、それから私は一人で居間へ引返した。そうして誰にも邪魔されることなく、父の死顔を恣《ほしいまま》に眺められることに私は幸福めいたものさたりした。

え感じた。私は蒲団をめくって細い足に触れてみたり、そっとその顔に指を触れてみた。

耳たぶは大きく、まだ硬直はきていないようであった。頬も額もひいやりと冷かった。薄鼠色の毛糸の靴下をはいた足首はすでに凝固してうごかず、脛骨《けいこつ》の上は硬く、氷のように冷かった。胸の上に組合された手を触ると、腕もやはりかたく、すでに凝って動かない。しかし、手首の辺りはそれほど冷くなく、今にも脈がありそうな感じであった。私は長いこと、もはや息をすることのない父を眺め、その身体に触れたりして過した。

八時、ラジオで結城《ゆうき》哀草果《あいそうか》さんの話と父自身の短歌の朗詠の放送があった。ずっと昔吹きこんだレコードによるもので、「ゆふされば大根の葉にふるしぐれいたく寂しく降りにけるかも」など数首の歌である。第三句をぽつんと言い、また第五句をぽつんとつけ加えるといった、いかにも訥々《とつとつ》とした朗詠とは言えぬようなよみぶりである。

それを聞き終った頃から、弔問客や手伝いの人が見えはじめ、家の中は次第に混雑してきた。……

私は生涯に一度、自分の主張を通そうとして、手紙で（面と向ったらとても言えたものではない）父と争ったことがある。大学へ行くとき、動物学をやりたいというのがその主張であった。これには父は衝撃を受けたらしい。珍しく初めは「です」調の長い手紙を寄こした。

「○宗吉が動物学を好きなことに対して、父は万腔《まんこう》の同情を持ちます。父も少年から青年まで動物学が好きだつたからです。○ところで、動物学を専攻するとして、大学三年で卒業後、どういふ実生活に入りますか、貧乏しながら大学助手になつてしばらく研究するとして、その後は教員生活をしますか、或は何処《どこ》かの技師にでもなりますか、只今の動物学者といふ人は、どういふ生活をしてゐますか、これが父にとつても一番知りたい事であり、又一番不安な点であります。恐らく安楽な生活が出来ず、特に家庭生活に入るとき、非常に不安な点があるのではないかといふ気がします。○茂太なども、平和なら、研究に従事して学位でもとるやうに方針を立てたのでしたが、敗戦後は全くその方針が破れてしまつたのです。目下では神経科は見込がありませんから、宗吉には外科をでも専攻させて、茂太と別に独立して生活をさせようかと、父は夜半の目ざめなどに予想してゐたのでした。これならばどうにか生活が出来さうである。家庭を持つてもどうにか暮して行けさうである。大学の助手をしてでもどうにか暮して行けるといふ大体の目算でした。動物学に行くとすると、その目算も違つて来ますし、宗吉は難儀な生活をせねばならないやうな気持がしてなりません。○中学生時代は、学問に対する考えはありませんから、大体親だちの意見に従ひますが、高等学校になると、学問に対する考が目ざめて来るから、「適性」等を土台として、大体「理想主義」になります。これは宗吉のみではありません、殆《ほとん》ど百%がさうでせう。然《しか》るに、その理想実現がなかなか困難なために、平凡且《か》つ難儀な生活を送る人が多いのです。然らばその「理想主義」は結局、平凡且つ幼稚で、青年のセンチメンタリズムに過ぎなかつたといふことになりませう。父は宗吉に目下の現実（gegenwärtige Wirklichkeit）を直視してもらひたいのです。敗戦後の日本と、只今の家庭事情（特に学資と生活費等の問題）とを直視して貰ひたいのです。(イ)動物学は医学ならば基礎医学と類似して貧乏学問ではあるまいか、一生教員生活ではあるまいか　(ロ)目下の茂太の家は家族七人にて、常に赤字、父の印税などを加へて辛うじて生活して居る、父も既に老境である。先づ「老残の軀《からだ》」と謂《い》つてよい状態に入つた。○父は無限の愛情を以てこの手紙を宗吉に送る。よくよく調査の上、熟慮の上、至急返事をよこせ。どうも宗吉の手紙は、父の云つてやつた手紙事項の返事になつて居らぬから、注意してその事項に当嵌《あてはま》るやうに返事よこしなさい。○又、下宿もあまり遠いと勉強不便ではないか、学力は現在どうか、第二学期試験の成績は何番であるか等を正直に、至急知らせなさい。○父は無理矢理に宗吉の意志を否定しようとはおもはぬが、物事は、熟慮に熟慮を重ねばならぬから、兎《と》に角《かく》至急返事よこしなさい。医学でも外科などはもつとも praktische Medizin としては愉快な学問だとおもふが、大体どうおもふか、動物学から医学に転じたい志望の人は沢山にあるが、医学から動物学に転じたい人は尠《すくな》いぞ（実生活の上からだぞ）」

「○父の前便を読んで宗吉は悲しんだらう。それは無理はない。自分の志望なり適性なりと反するやうにおもふからである。○別紙は、東京帝大の動物をやつてゐる諸氏からきいた綜合《そうごう》的返答であるから、只今の宗吉には非常に大切な返答である。どうか、心しづかに読んで下さい。さういふ諸氏は、先づ生活が心配ない連中であらうが、目下の宗吉には当嵌まらない。又これでは宗吉の真価を発揮させることがむづかしい。○この冬休に東京に帰つたとき、篤《とく》と談合する、よつて一心に勉強して下さい」

手紙は次第に怖しくなる。

「○父が宗吉の寮生活をすすめたのは、勉強の便利を計つたのであつたが却《かへ》つて害となつた。これは父の生涯の失敗で、悔いてもおつつかない。委員におだてられたりしたなどは、残念でならない。○父も熟慮に熟慮を重ねひとにも訊《たづ》ね問ひなどして、この手紙書くのであるが、結論をかけば、やはり宗吉は医学者になって貰ひたい。これ迄《まで》のやうに一路真実にこの方嚮《ほうこう》に進んで下さい。これは老父のお前にいふお願だ。親子の関係といふものは純粋無雑で決して子を傍観して、取りすまして居るやうなことは無いものだ、その愛も純粋無雑だ。この父の忠告は宗吉が医学者になり、齢《よはひ》四十を越すとき、いかにこの父に感謝するかは想像以上に相違ない。これに反し若《も》し動物学者にでもなつて、教員生活に甘んじてゐたらどうであらうか。父の心配つまり、子に対する愛の心はその心配となつて現出するのである。〇今般、宮地教授から来書があつてお前の成績を報じてくれたが、四十二人中二十六番で、数学、物理が悪い。この程度では到底東大の医科には入れない。〇宗吉は優等の児で小学校も中学も優等生の部類であつた。それが大切にも最も大切な高等学校に入つて優等でないのはどういふ理由であるか、これはバカになつたためである。なまじつか目がさめ、それも真の目ざめでなく、よい気の高校生気質となつたためである。このことについては父はくれぐれも注意したが、それに従はなかった。併《しか》しまだ手遅れではない。この手紙著次第真に目ざめよ、昆虫など棄てよ。そして、一心不乱に勉強せよ。本来の優等児の面目を発揮せよ。高校は真の目ざめの場処でもあるぞ、今ごろ昆虫の採集で時間と勢力を使ふといふのは何といふバカであらうか。〇つまり、これまでの医科志望を、高校になつてから動揺せしめてぐづぐづして、怠けてゐるやうでは、父の悲歎は大きいのだ。又この九月の試験成績を見て（教授中には宗吉に同情して採点した人もあると思ふから、実際はもつと成績は悪いのかも知れないよ）悲しむのだ。明春の入学試験が心配なのだ。それは、動物や植物などならば、低能学生でも無試験位で入学出来るだらう。医科（特に東大の医科）はさうは行かないよ。そこで学生等は一心不乱に勉強してゐるのだ。今時分の最も大切な時にメスアカムラサキだの、ファブルなどと言つて居られないのだ。宗吉は松高に入るまでは優秀であつた。高校に入つてからはおだてられてバカになつたのだ。いかに恐ろしいことか。○それから、医学者も従来のやうに安楽には暮らせなくなつた。医者でも余程《よほど》の奮闘を要するやうになつた。茂太などを、父の余想以上に難儀して居る。○しかし、医学はおもしろい学問だ。宗吉は未だそれを知らないから動植に興味を持つのであるが、やつて見れば実に複雑で深遠である。医学の中で、動物植物をも含んで居るのは幾らもある。○宗吉の志望等に関するこの手紙は焼棄てたがよい。又、父の意見に対して、至急手紙にて返事よこせ、○物理、数学、化学、ドイツ語等の入学科目に全力尽せ、下宿に遊びに来る学生あらば、率直に撃退せよ、おだてられて、いはゆる高校気質に敗北するな、これは父の厳命だ。○右、激して書いたから、許せよ」

私は動物学志望を断念した。このような手紙を貰って、なおかつ父に逆うほど私は神経が強靭《きょうじん》ではなかった。

……九時半ころ枕経《まくらぎょう》があった。それから寝台車に蒲団のまま父をのせ、東大の病理学教室へ運んだ。遺体解剖のためで、三宅仁教授、平福一郎教授の執刀である。

父の固くなった身体からやっと着物を脱がせ、解剖台の上に横たえた。解剖室はがらんとして、下は殺風景なコンクリートの床で、しきりと寒かった。父の裸身はおどろくほど痩せていた。手も足も骨ばかりのように痩せ、骨盤、肋弓《ろくきゅう》がくっきりと浮きでていた。腹部はやや変色しかけ、そこだけ生暖かった。なんだかその腐敗の熱が生のなごりのようでもあった。

首の下から恥骨の上まで一息にシュニットが入れられた。手早く皮膚が、筋肉がはがされ、内臓が露出した。また肋骨が切られて胸腔が露出した。左肺は固く癒着《ゆちゃく》してなかなかはがれなかった。私は手早いその作業を、兄ややはり医者の叔父と並んで立って凝視していた。医学をやったおかげで、たじろがずに父の遺体の解剖されるのを凝視できることは、やはり父に感謝しなければならないのかも知れなかった。

肺尖《はいせん》に沢山の石灰化が見られた。右肺には結節が集まり鶏卵に近い硬化巣を形成していた。心臓は右心室がかなり肥大し、全身の動脈は硬化が甚しく「ばりばりしている」と形容できるくらいであった。腎臓は萎縮《いしゅく》しきって半分ほどにも小さく、髄質がずっと喰いこみ、皮質は狭まって細い線でしかなかった。その間に頭の皮膚がはがれ、頭蓋骨が鋸《のこぎり》で引かれはじめた。寒天をかぶせたような灰白色の脳髄にも萎縮がきていて、普通より小さくちぢこまっているように見えた。要するにどこもかしこも使いきり困憊《こんぱい》しきった肉体といえた。父はやはり死ぬべくして死んだのである。その事実は、私に安堵に似た気持と、或る痛ましさとをこもごもに与えた。

午後一時二〇分頃、解剖は終った。血のついた父の手足はふき清められ、縫合され、ふたたび担架に寝かされた。腹腔には薄い鉋屑《かんなくず》がつめられ、頭部も縫合されてほとんど元の通りに見えた。

遺体を家に持帰ってそのあと納棺があった。棺に蒲団のまま入れ、蒲団をとり、紙枕をつめ、蓋をした。弔問客で家じゅうごった返している。夕方までずっと薄ら寒い雨であった。

一日おいて、火葬の日である。朝九時から読経があり、そのあと見収めに棺の蓋をあけ、皆で花を顔のまわりに置いた。父の顔は一昨日よりもまたずっと蒼白に、痩せて、とがって、冷く、こけて見えた。じっと瞼をつぶっていた。さまざまな色彩の花弁に囲まれて、その蒼白な顔（鼻梁《びりょう》はとがって見えた）はひとまわり小さく見えた。最後に、兄の一番下の幼い女の子が抱かれてきて、棺の中を見ると、「おじいちゃん」と、ほがらかな、有頂天な、喜ばしげな声をあげた。妹がひとしきり嗚咽《おえつ》した。昔からヒステリー気質の姉はさっきから泣く妹を叱っていたが、その顔は涙でくしゃくしゃになって一番見っともなかった。ハンカチを下に置いてきたから、貸しなさい、と怒ったように言った。

十時すぎ出棺。焼場に着くと、空は春めいて柔かな光がみなぎっていた。妹は間断なく泣いた。姉はそれを叱り、ぷんぷん怒ったような顔をしていた。

かなり長く待たされて、父の骨を拾った。あっけなく事務的に済んだ。二つの骨壺《こつつぼ》に入れたが、山形県の郷里に分骨するためである。金属の容器に入れられた白い骨の間にはまだ赤い炭がまじっていた。骨はばかに白くたわいなく見えた。「とうとう骨になっちまいましたね、お父さま」と私は思った。帰ってまた読経があった。

日記。「なにやかやと時間が経ち、がやがやとして、むやみに疲れる。殊に昨日はひどい混雑で、玄関で外套《がいとう》や靴の番号札を渡すのだが、来る人帰る人で大変であった。夜、なんとか静かになつた。家にきてゐる花を二階の祭壇のある部屋に皆入れてしまふ。花が沢山で綺麗だ」

翌日の日記。「十時ころ客がほぼ帰る。母、早く寝ろ寝ろと言ひ、そのくせまた自分で戸をあけてはいつてくる。十一時近く、恵子（兄の子）目ざめ、昂奮して騒いで寝ず。茂一（兄の子）も仲々寝ず。大人たちの昂奮が子供に反応するのかも知れぬ。十一時半、初めて入浴、がつくり疲れた」

翌々日の日記。「葬儀。昨夜おそくしきりと暖雨降つたがどうにかあがる。どんよりと陰鬱な雲あひ。割に暖かし。ただひたすらにどんよりしてゐる。朝九時半より読経。出発の前よりしよぼ降る雨となる。僕は位牌《いはい》を持つ……。

夕方、四郎兵衛叔父たちを送り、アララギ関係の人たちと銀座のライオンへ行き、ビールをかなり飲む。佐藤佐太郎さんの話。僕が小さいとき、父の鋏《はさみ》かナイフを『パパが死んだらこれを僕にくれる？』と訊いたさうで、父は『子供といふものは面白いものだ。親の死んだときのことを考へてゐる』と言つたさうだ。八時帰宅。久しぶりに客のない夜なり、ひつそりしてガスストーブの音のみ高い。母、父の穢《きたな》い寝巻やタオルを持つてきては僕や兄にくばり、どんどん片づけなけりやと言ひ、私ももう長いことないと言ふ。夜十時、K・K子（精神病者で昔から父に結婚を迫つてゐた人）が、すでに閉じてゐた玄関を叩いて、普通通りに焼香をして帰つた由」

私はなお東京に八日間いた。一夜、そっと骨壺をあけ、父の骨の四五片をとりだして紙に包んだ。それを持って、私は仙台に戻った。

「食堂車でビールのむ。ビール百四十五円に値下げす」などと日記に記している。

戻ってきた仙台の下宿の一室で、私はしきりと国家試験のための勉強をしようと思ったが、意のままにならなかった。

日記。「たちまち酒を飲んでしまふ。サントリー・バー、ナンバーワン、なぎさ等梯子《はしご》す」

相変らず夢も頻繁《ひんぱん》に見た。むかし私の家のあった青山の辺りの光景、それからそこはかとない父の夢をしきりと見た。それが以前の夢と異ったところであった。

その中にまじって、たわいもない性欲に関係する夢もやはり現れてきた。

「暁方の夢。S子がゐる。少し頬など愛撫したらしい。そのうちに彼女は腰部から上を裸身で横たはつてゐる。その乳房は、ふしぎなことに垂乳《たれぢ》で、そのくせ非常に陰影こく美しく、あたかも名画を見るやうである。色彩はついてゐないが、油絵のやうな陰影のこい裸身なり。それで僕はかなり見つめた挙句《あげく》、綺麗だね、といふやうなことを言ふと、彼女は首をあげて、なにか極めて羞《は》づかしさうな表情となり、胸の辺りを隠さうとする……」

黄いろい船

「千絵」

と、男は子供を呼んだ。アパートの六畳の間に仰向けに寝そべり、すぐ頭のうしろでおとなしくママゴト遊びをしている四歳の女の子にむかって、ぼんやりと呼びかけた。

「なあに、パパ」

おとなしい、行儀のよい女の子であった。幼稚園から戻ると、たいてい一人で遊んでいた。ママの手伝いも好きであった。そうかといって、いくら女の子でも、人見知りをしすぎ、他人の前では臆病で活気がなさすぎることを、妻はいくらか気に病んでいた。

「はい、チエちゃんがゴハンあげましょう」

彼女は、小さな人形に話しているのであった。人形と話すときだけ、しっかりした口をきいた。

「千絵」

「なあに。……はいクリさん、お口あけて」

「またクリさんか」

「そうよ、これ、クリさんなのよ」

女の子は、どういうものか栗がとても好きなのであった。絵本でイガにはいった栗の絵を見たときから大好きで、去年だったか郊外に連れていったとき、本当の栗の実が木になっているのを見たときはもっと喜んだ。ときに甘栗を買ってきてやると、いつまでもその小さな栗を並べたりいじったりしていて、なかなか食べようとしなかった。夜は枕元に栗を並べて寝たりした。

彼女が遊んでいる粗末な人形にしろ、やはりクリさんと呼ばれていた。顔が丸いというほか、べつだん似ているところもなかったけれど。

「千絵」

と、もう一度、男は言った。

「パパに、クリさんのお話をしておくれ」

「いいわ」

と、女の子は無造作にこたえた。

「オバケとクリさんがソウダンしまして……」

男は畳のうえに仰向けに寝たまま、娘が抑揚ない幼い声でしゃべるのを聞いていた。

「そこにカサコソ出てきたのは、ネズミさんでした」

男の目には、低い天井が映った。それから、くすんだ壁にかけられた、大きすぎるカレンダーも。

「おヨメさんのとこへ行ってみよう」

と、女の子は大真面目に言った。

「おヨメさん、きてちょうだい。ハイハイ」

そこだけ女の子は、さらに女らしい作り声を使った。

男は、横目でカレンダーを見やった。それには毎月、天然色の名勝の写真がはいっていたが、あまりにけばけばしく、この部屋にも不調和でもあれば、彼の心理にもそぐわぬように思われた。

「そこへ来たのはオバケのチューリップと……」

「オバケのチューリップ?」

と、反射的に男は言った。

「そりゃなんだい、千絵?」

「とてもきれいなチューリップなのよ。……それから、みんなはおシロのなかへはいっていきました。おシロのなかには……」

そういえば城という言葉があった、と男は思った。子供はみんなお城が好きだし、おれだって好きだった。

「そこにはきれいなおヨメさんがいました。オバケとクリさんとネズミさんは……お嫁さんという言葉もいいものだな、と男は思った。子供の使う言葉はみんないい。

「……それで、みんなは、ゴチソウを食べました。……はい、おしまい」

「え、おしまいなのかい？」

と、男は思わず言った。

「おしまいよ。ねえ、クリさん」

と、女の子は半ば人形にむかって言った。

「おしまいか」

男はひとりごとのように呟き、首をのけぞらして、自分の娘を見た。逆さまに映ったその女の子は、まだずいぶんと幼く、うつむいて、人形のうえになにやら仕種《しぐさ》をしていた。わが娘ながら、あまり器量はよくなく、そのくせ人形のごとくたわいもなく可憐に見えた。オバケのチューリップともクリさんともお城とも、友だちでいられるのも当然であると思われた。

ドアのあく音がした。妻が狭い入口に、野菜だの紙袋だのが一杯つまった買物籠を置くと、女の子はすぐとんでいって、嬉しそうに一品一品とりだしはじめた。

「千絵ちゃん、泥がつくわよ、そのネギ」

「ずいぶん、いっぱいね」

「あ、それ卵よ、こわさないで」

男もやっと立ってゆき、その山盛りの食糧品を眺めた。

「また買いこんだな」

と、彼は妻の顔を見やりながら言った。

妻は平凡な卵型の顔をしていて、そこが男は好きだった。しかし、むかし知りあった当時の、生みたての卵のような新鮮さは、むろんそこには見当らなかった。

「今夜は鋤焼《すきやき》よ」

と、妻は冷蔵庫に幾つかの卵を並べながら言った。

「いいお肉を買ってきたわ。見て」

彼女は包紙を開き、殺伐と感じられるまでに赤く、脂肪が美しく模様となっている肉片を示した。その薄片はぶ厚く層をなして、筍《たけ》の皮を模した紙からはみでそうであった。

「ほう、鹿《か》の子《こ》だね」

と、男は無愛想な声を出した。

「高いんだろう、いま、牛肉は」

「安くはないわ」

「こんな御馳走食っていいのかな」

「こういうときだから御馳走食べるのよ」

妻は笑って、葱《ねぎ》の大束を狭いうえにも狭い調理台の上にのせた。

「みーつ、よおーっ」

と、女の子が冷蔵庫の扉の裏側の、卵立てにはいっている卵をかぞえていた。

「いつつ、むーっ。あとふたつ、足りない……」

卵立ての凹《くぼ》みは八つあって、二つだけ空虚になっていた。それを眺めた男には、その些細な空間が、いやにだだっ広くむなしく感じられた。豪勢な鹿の子肉を見たばかりだったにもかかわらず。

「千絵ちゃん、ふた閉めて。氷が溶けちゃうでしょう?」

と、妻が言った。

「うん」

と、女の子はうなずいて、ふたをしめ、同時にこう言った。

「ママ、タマゴって、クリさんにも似ているのね」

夜、男は寝巻姿で、床の上に横ざまになって、テレビを見ていた。まだ部屋の中はむしむしした。

テレビは古い受像機で、ときどき画面が縞となり、ついで上へ上へとながれたりした。アンテナやスイッチをいくら調節しても無駄で、じっと辛抱づよく、画面の直るのを待たねばならなかった。

肉を食べすぎたため、未だに胃の腑がおもく、憂鬱にもたれるような感じがした。

「くだらん」

と男は言って、テレビのスイッチを消した。

「ろくな番組はないなあ」

「寝ましょうよ」

と、妻が言った。彼女はやはり床のうえでずっと縫物をしていた。

「食って寝て……」

と、男はいくらか弁解がましく言った。

「なんだか申訳ないみたいだなあ」

「いずれ働くわよ、あなたは」

妻は縫物を枕元におしやりながら言った。

「あなたって、根が働き者なんだから」

「だから厭《いや》なんだ、おれは」

突然、男は激してきて口早に言った。

「おれは裏切られたんだ。十二年だぜ、おれが働いてきたのは。おれを整理する必要はどこにもないんだ。のらくら者がごっそりいるというのに……」

「おやめなさいよ、あなた」

妻が、おだやかに言った。むかしからおだやかで、人をなだめるために生れてきたような女であった。

「みんな運よ。じきに今度はいい運がころがりこんでくるわ」

「おれは働くのが厭になったんだ」

と、男はひとりごとのように呟いた。

「おれは働きたくない」

「それじゃ、当分ぶらぶらしていなさいよ」

と、妻がおだやかに言った。その顔は笑っていて、どこにも困惑のかげはなかった。

「だって、おれが働かなきゃどうなるんだ？」

男は、いくらか不満げな声を出した。

「あたしがまた働くわ」

「しかし、子供がいるぜ」

「あなたが面倒みてくれるでしょ」

男は沈黙し、煙草に火をつけた。

「あなた、本当に当分のんびりしてらっしゃいよ」

と、なぐさめるでもなく、ごく自然に妻が言った。

「あなたは疲れているのよ」

男は妻の顔を見た。その見慣れた卵型の顔はたしかに笑っていて、さらにこうつけ加えた。

「千絵ちゃんが、パパとお散歩できたり、遊べるって喜んでいるわ」

おれはそんなに遊んでもやらなかったがな、と男は思った。せいぜいクリさんの話をさせるくらいのものだ。

「そうだ、千絵ともっと散歩しよう」

男は灰皿に煙草をおしつけながら呟いた。

「幼稚園の送り迎えもおれがしよう」

「それがいいわ」

と、妻はうなずいた。

「だが、おれは働きたくない。もう厭になった。飽々《あきあき》した」

男は、諦めのわるい子供のように、一息に吐きだすように言った。

「それでいいのよ」

「失業保険が切れるまで、おれは勤めない」

「いい考えだわ。保険が切れたからって、当分大丈夫よ」

男は妻を見、ため息のように言った。

「君も、逆らわない女だなあ」

「性分よ。仕方ないわ」

「君のようないい女房をもつと……」

と、男は壁にむいて、ぽつりと言った。

「おれはなお腹が立つよ」

「ごめんなさいね」

「ばか」

と、男は低く言った。

「なにをあやまる必要があるんだ」

そのとき、部屋の隅で眠っていた女の子が、ふいになにか言った。

三人の蒲団を敷くと、部屋は一杯で、女の子の小さな蒲団は壁際におしつぶされたような形で敷かれていたが、そこから寝言のような声が洩れた。

男が見ると、女の子は目を開いていて、こちらを見、どこか満足そうに、

「パパ」

と、小さく言った。

「うん？」

と、男は狼狽《ろうばい》したようにこたえた。

「オシッコかい？」

女の子はかぶりをふり、ふいにニッコリと笑ってみせ、それから横をむいて枕のわきにおいてあるクリさんの人形をちょっと撫でてから、さらに満足したように枕に頭をのせて目をつぶった。すぐと、そこからかるい寝息が伝わってきた。

「いつもパパがいるから、喜んでいるのよ」

と、上にかけたタオルを直してやりながら、妻が言った。

男はしばらく黙っていてから、蒲団に横になった。

「もう栗がなっているかな」

「え？」

「栗だ。本物の栗の実だ。イガにはいった……」

「そりゃもうそろそろ秋だから」

妻も寝支度をはじめ、軽い欠伸《あくび》をした。

「千絵を栗のあるところに連れていってやろう、電車に乗って」

ぼんやりと、低い天井を見あげながら男は言った。

「それはいいわ。でもこの辺にも、栗くらいないかしら」

「知らん。そりゃあるだろうが、どこにあるかわからない」

男はなお天井を見あげながら呟いた。

「どこもかしこも家ばっかりだ。こんなに沢山家があるんだから、用もない人間がうじゃうじゃいるのも無理はないな」


何回目かの指定日がき、男は職業安定所へ行った。

そのコンクリートをむきだしにした殺風景な建物を訪れるのも慣れてきたが、長椅子に坐って順番を待っているいかにもくたびれたような人々にまじると、どうしても気がめいってくるのは致し方のないことであった。

男は立っていって、壁に貼《は》られたポスターを眺めた。ありきたりの訓練生募集や、「当所庁舎内外において、しつこく話しかける者がいますが、話にのらぬよう御注意下さい」という貼紙にまじって、

「海外雄飛　工業技術　移住訓練生募集」

という真新しいポスターがあった。緑色の南米大陸の図案があり、その中にブラジ

ルと白く文字が浮きだしていた。

「南米か」

と、男は思った。

「おれは本当はこういう夢が好きだったのだ」

資格は二十五歳から三十五歳までで、辛うじて男はその年齢のなかにいた。といって、彼は文科出で、機械には弱く、夢物語もいいところであったし、なによりも自分にはもったいないと思える妻子がいた。

「あいつが厭な女房で、千絵が憎らしい子供だったら」

と、男は強いてそんなことを考えた。

「それにしても、おれはつぶしがきかないな」

男は長椅子に戻り、すりきれた服を着た中年の男の横に坐った。中年男は、じっとコンクリートの床に視線を落し、そのくせときどき首を上向けて欠伸をした。そうかと思うと、この建物の雰囲気とおよそそぐわない派手な服装の若い女が、ほとんど颯《さっ》爽《そう》と前をよぎっていったりした。

男の番がきた。男はカウンターのような仕切りのむこうの、一段高くなっている応対所にあがり、並んだ机の一つの、顔なじみになった係官のまえに腰をかけた。

その中年の係官から、彼はこれまで親切な人間という印象を受けていた。こまごました注意を与え、うるさいくらいいろんな口を斡旋《あっせん》してくれた。ところが、その日は、別人と思えるほど態度が変っていた。突っけんどんで、はじめから詰問するような口のききようであった。

「で、本当に行ったのかね、あなた」

途中から相手の言葉はさらに横柄になった。

「そりゃあなたがそれだけの給料とっていたからといって、そんな給料をまた初めからとれるものじゃないよ」

男は、そういう気持は毛頭なく、ただ自分の能力を生かせるかどうか疑問だから、と口ごもりながら弁解した。

「能力？　そんな能力がある男がどうして失職しているんだ？　あなたね、世間を甘く見ちゃいけませんよ」

なんでおれはこんな説教を聞かなきゃならないんだ、と男はむしろぼんやりと思った。そうだ、こういう役人になっておれば失職はしなかったろうな。

ようやくのことで、二週間分の手当を貰えた。しかし、立上った男に、係官はなおもくどく追討ちをかけた。

「あなたね、いい加減に職につきなさいよ。働かなきゃ駄目ですよ、人間は」

男は建物の扉口《とぐち》から外へ出ようとして、引くべき扉を何回か押し、それだけ手間どった。

玄関の前に、ごく低いブロック塀があり、その上にプラスチックの波型の簡易塀がつづいていた。空色のそれは、新しいうちはきっと明るくモダンだったのであろうが、もうすすけて汚れはて、はずれのほうは壊れて穴があいていて、それだけ一層うらぶれて見えた。

「おれは働くもんか」

と、男は怒ったようにつぶやいた。

「なんで働く義務があるんだ」

前の一方通行の道路には、車がつらなって走っていて、なかなか横断もできなかった。

いつもの通りを駅へ引返す代りに、男はそこの狭い路地を曲ってみた。「トンカツ定食」というような貼紙のした安食堂があり、客のいなそうな喫茶店があり、新築ながらはじめから貧相な休憩ホテルがあったりした。次の角の小さな不動産屋もいかにもわびしげであったが、道をへだてた塀にまで並んでいる貼紙には、「売料亭八千万円」だの、「売パチンコ屋七千五百万円」だのという数字が読みとれた。

「パチンコ屋というのは儲《もう》かるのだろうな」

と、ぼんやりと男は思った。

前回も、前々回も、彼は職安にきた帰りにはパチンコをやったものであった。もう幾年もパチンコ店にはいったことがなく、チューリップと呼ばれる機械もなじみがなかったし、景品がむかしと変って上等で、というより家庭むきの品物が殖えているとももの珍しかった。前回に男は、馬蹄型《ばていけい》のハムの罐詰を一つ家に持って帰ったが、本当はそれが三つ買えるほどの金を使っていた。

「パチンコは今日はよそう」

と、男は思った。

そろそろ行こうと考えていた床屋があって、待っている客もないようだったから、男はそこへはいっていった。しかし、職人が足りないのか、空いている鏡や台はあるものの、結局、長椅子で待たされることになった。二人いる客はいずれも仰向いて髭を剃《そ》っているところであった。

男は積んである週刊誌をいい加減にとって、あちこちをめくり、また別の一冊をとって、あてもなくめくった。

「夢の飛行船を呼ぶ男」

という記事があり、男はそれを読みはじめた。少年のころは彼も飛行機が好きだったものだし、飛行船はもっと夢という言葉と結びつくような気がした。

なんでも、飛行船にとり憑《つ》かれている一人の男がいて、ドイツの或るデパートが所有している中型飛行船をチャーターし、日本の空に浮ばせようとする事業に打ちこんでいるとのことだった。

「一隻呼ぶのに二億円」「現代メカニズムへの挑戦」というような小見出しがついていた。更に読んでゆくと、その主人公はべつに資金を持っているわけでもなく、某商事会社の一室に「日本飛行船創立事務所」というものをおき、ただ一人きりで奮闘している模様であった。

「こういう夢はいいな」

一カ月も前の日付の週刊誌だったが、横腹に異国のデパートのマークをつけた飛行船の写真を眺めながら、男は訳もなくうなずいた。

「こういう仕事なら、おれは働いてもいい……」

そういえば、彼が生れぬまえ、ツェッペリンが日本にきたことがあった。今はいない父がその姿を目撃していて、男が少年になってからよく話してくれたものだった。いや、もっとずっと古く、飛行船は日本の空を飛んだことがある。

まぼしげに空に見入りし女《をんな》あり黄色《わうしょく》のふね天馳《あまは》せゆけば
二月ぞら黄いろき船が飛びたればしみじみとをんなに口觸《ふ》るかなや

そういう短歌を男はそらで覚えていた。それは有名な歌人の作で、たしか大正の初め頃の歌のはずだが、一体どういう飛行船だったのであろうか。日本の軍部の小さな旧式の飛行船なのか。

「黄いろい船……」

と、男は胸のうちで呟いた。

すると、汚れてうっとうしい都会のうえの空を、ふくよかな丸みを持った黄いろい船体が、たゆたうように渺茫《びょうぼう》と、どこまでもゆったりと浮游《ふゆう》している光景がたしかに見えた。

「黄いろい船か」

と、男はもう一度つぶやいた。

そのとき、床屋の職人が声をかけた。

「お客さん、どうぞ」

「……ああ、はい」

男は狼狽したふうに手にした週刊誌をおき、スプリングのきしむ長椅子から立上った。

「パパ、クリがあったよう」

駈けこんできた女の子が、息をはずまして言った。

「え？」

と、寝ころがっていた男は、半分上の空で曖昧な声を出した。

男はつまるところ今日まで、娘を郊外の栗のなっている場所へ連れていってやることをしなかった。のみならず、娘の幼稚園の送り迎えも、このところ面倒になってやらなくなってしまっていた。

「ねえ、クリよ、ほんとの」

女の子はむきになって言った。

「木になってたのかい、それは？」

「うん、木になってたの。下にも落ちてた」

遅れて妻がはいってきた。男は、そのなじみぶかい顔をうしろめたい気持で下から眺めながら、尋ねてみた。

「千絵が栗を見つけたって、ほんとかい？」

「そう、千絵ちゃん、よかったわね」

と、妻は笑っていた。いつも邪気もなく笑っていてくれて、男にとって有難い妻であることにはちがいなかった。

「うれしいけど、チエちゃん、つまんない」

と、畳に坐った女の子は、口をとんがらかしてみせた。

「なぜ？」

「だって、みんなカラなの」

妻が補足をした。

「あの清水さんとこを曲って、そのむこうの道のところよ。こんなそばに栗があったなんて、盲点だったわね。大きな栗の木が門のところにあるのよ」

「で、落ちてるのかい、実が」

「そう、ガレージの前にイガが十ほど落ちてたわ。でも、みんな空なのよ。近所の子がとっちゃうのでしょうね」

「イガでも持ってくればいいのに」

「チエちゃん、イガ、きらい」

と、女の子が口をはさんだ。

「チエちゃんの指、イガが刺したの」

「あんまり急いでさわるからよ」

と、妻はまた笑った。

「千絵ちゃん、イガのあるクリさん好きだったでしょう？」

「でも、もうイヤ。なかのクリさんだけ好き」

と、女の子は不服そうに指先を見つめて言った。

「千絵」

と、男はようやく起上りながら言った。

「今度新しいイガが落ちたら、パパと拾いにいこう」

「うん、じゃパパ、これから拾いにいこうよ」

と、女の子は急にはしゃいで男の手をひっぱった。

「まだ落ちやしないさ。いま見てきたばかりだろう？」

「でも、風が吹いたから、落ちたかも知れないよ」

と、女の子は幼児にも似ず、一人前の人間のごとく遠くを見るような目つきをした。

「まだだよ。栗はまだ青いころだ。これから先に沢山落ちる。大丈夫、パパがちゃんと栗の実のはいったイガを見つけてあげる」

「うん」

と、女の子は元気よくうなずいた。

「そしたらチエちゃん、ほんとのクリとクリさんを一緒に寝かしてあげられるわね」

「そうだ、それがいい」

と男は言い、小さな女の子を抱きよせて、その髪の匂いをかいだ。

ショーウィンドーの左隅には、円筒型の電気スタンドがあって、透明な液体の中を真赤な玉が浮き沈みしていた。粘質の赤い玉がゆっくりと沈んでゆき、下にたまっている同様な赤い液体と、なにか宇宙の生物の営みのようにもつれあっていりまじった。ついでそのまじわりの中から、ねっとりと変型しながら鮮やかに真紅の生物が蘇《よみがえ》ってきて、次第に円型をとりながら上昇してゆく。

男はそれをもう長いこと眺めていた。

傍らにきた若い女が連れの男に言った。

「あれ、なんなの？　どういうわけ？」

「比重の問題なのだろうな。あの浮いてゆく奴は下から熱せられると比重が軽くなる物質なのだろう」

「でも、どういう物質？」

「そこまではわからないな」

「おかしなものね」

二人は去り、また別の人々が傍らに立っては、似たような会話を交わして去った。

その店は、いろいろと素人《しろうと》発明家のアイデアを商品として売りだしていて、しかしその奇抜な電気スタンドはファンタムライトとかいう英国製品であった。

男は、なおも赤い玉の浮き沈みする円筒を見つめた末、ようやく首をふった。

「おれにはこんなものは作れないな」

そこを離れ、大きな駅の雑沓の中にまじり、惰性的に歩きながらまた思った。

「あの赤い玉に似てる、人間て奴も」

郊外電車の始発のプラットフォームにきて、満員の電車を見送り、ベンチにかけ、次の電車を待つことにした。幾人もの人間があたふたとプラットフォームを駈けてゆき、同じ人間が溢れこぼれそうになっている電車の扉口へ無理矢理に体をおしこむさまを、ぼんやりと眺めた。

「こうしてみると、気楽なもんだ、おれは」

そうは呟いたものの、心のどこかがひやっこく、自分が焦っていることをもはっきりと自覚できた。

「あんな発明ができる人間はいいな」

プラットフォームにかぶさる屋根の横に、意外に綺麗な空が見えた。都会のうえの空にしては、もったいないような空であった。

男はふと、その空に浮ぶ飛行船の幻影をまぶたに描いた。ゆったりと、童話じみて浮游する黄いろい船。どこまでもその中へ埋没できるようなおおらかな存在。同時に、その飛行船を呼ぶために情熱を傾けている一人の男のことをも考えた。

「おれも、なにかやりたい。もう人には使われたくない」

といって、そういう仕事がどこにあるのか。

男は煙草の喫いさしを足元へ捨て、靴で踏みにじった。

横を向くと、すぐ目の前に、大きな金属製の喫いがら捨てが置いてあるのに気がついた。男はかがみこみ、指先で平たく汚れた自分の喫いがらをひろい、立っていってそこへ入れた。

「そんなことより、千絵のために栗のはいったイガを拾ってやらにゃならないな」

娘が栗の木を見つけて以来、男は一緒に何回かそこへ行ってみた。鉄の扉のガレージのある家で、塀のすぐむこうにかなり大きな栗が立ち、塀ごしに枝葉をのばし、一杯実をつけていた。大きなイガがガレージのまえに幾つか落ちていたが、どれも割れて茶褐色の腹がむきだしになっていて、娘と一緒に一つ一つ調べてみたものの、中の栗はみんな失われてしまっていた。

「ほらね、みんなとられちゃうでしょう?」

と、女の子は何もかもわかっているというふうに、かつ男をなじるように言った。

「朝、はやあくこないと、ダメよ。風が吹いたとき、すぐこないと……」

「うん、そうだな」

男はうなずいて、かなりの年齢らしい大きな栗の木を見あげた。枝々にまだ青いイガが沢山ついていて、しかしどれもこれも高く、ちょっとした棒くらい持ってきても取れそうになかった。

あれから幾度、同じ思いをしたことか。男は朝寝坊をするようになっていて、幼稚園と反対の方角にある栗の木の家へ行くのは、いつも女の子が幼稚園から戻ったあとになり、イガの残骸を眺めて引返すことばかりがつづいた。

「それにしても、千絵はなんであんなに栗に夢中なのかな」

プラットフォームのベンチに腰をおろしたまま、頭の片隅で、ぼんやりと男は思った。

すると、突然、思いがけなくも、ずいぶんと古い追憶が立ちのぼってきた。

その記憶の中では男は少年で、老いた父の肩をもんでいた。その肩は骨ばって痩せていて、うつむいた首すじの皺までありありと見えた。

「子供のころなあ」

と、父は言った。樹木をゆする野分《のわき》の風音に耳をすませるようにして言った。

「こんなふうに風が吹くと、裏山の栗の実が、ボタッ、ボタッと落ちるのだ。それを拾ってきて箱に入れておいて、幾つたまったなんて愉しみにしていたものだが……」

いま男は、半ば忘れていた晩年の父の声をすぐ耳元で聞く思いがした。

父はひなびた山村の出で、男はその郷里を知らないできた。しかし、ずっと都会で育った男の耳に、その栗の実の落ちる、ボタッ、ボタッという音が、さながら熟知の事柄のように、ゆえもなく痛切に懐かしくひびくような気がした。

「すると、これは隔世遺伝か」

男は妙に真剣に考えこみ、ついでいらだたしく頭をふった。

「つまらん。つまらないな。このおれの頭が、なにか発明でもできる構造になっているといいのだが」

気がつくと、待っていた新しい電車がとうについていて、人々がぞろぞろと乗りこみ、席はふさがってしまった模様であった。

男はもう一台、電車を待つことにした。


夜、小さな蒲団にもぐりこみながら、女の子がいつものように枕元の人形を撫で、

「クリさん、一人ぼっちで可哀そうね」

と言った。

「そうだ、千絵に甘栗を買ってきてやろう」

と男が言うと、

「ううん、食べるクリじゃなくて、ほんとのクリさんのほうがいい」

と、真面目な顔をして言った。

女の子が眠ってしまったあと、妻が、

「あんなに栗に夢中なんだから、あなた、朝早く起きて拾ってきて。朝にはちゃんと起きないとやっぱり駄目よ」

と、冗談めかして言ったが、毎日ぶらぶらしている夫になんの要求もしない妻にしては、はじめての依頼といってもよかった。

そこで男は、次の日には早く起き、娘の手をひいて栗の木の家へ行った。幼稚園に出かける時刻より三十分も早かった。

アパートを出てから、男の手をひっぱって走るようにして歩いていた女の子が、むこうに栗の木の家のある角を曲ると、ふいに立止った。

ガレージの前に三人の小学校くらいの男の子がいて、かがみこんで栗のイガを石ころで割っていた。

女の子はそこに突ったったまま、それ以上歩こうとしなかった。

「千絵、あそこに行って、二つ、三つ貰おうよ」

と男がうながしても、首をふって、男の手をしっかりと握ったまま、男の子たちのふるまいをまじまじと見つめていた。

ほどもなく男の子たちは、無造作に栗をポケットに入れ、なにか叫びあいながら、むこうへ走り去った。

すると、女の子は自分から歩きだし、ガレージの前までいって、散乱しているイガった。


の残骸を批評するように眺めた。

「パパ、見て。一つくらいあるかも知れないよ」

「おまえも捜してごらん」

「いや、イガ、チエちゃんを刺すの」

男は幾つかのイガをひっくり返してみたが、もとより栗の残っていようはずもなかった。

「一つもないのね」

女の子は、あんがいさっぱりした口ぶりで言った。

「今度、風が吹いたあと、すぐきてみようよ」

男は娘と一緒にアパートに戻り、妻に経過を報告した。

「それじゃ栗を手に入れるのもなかなか大変ね」

と、妻は笑った。

「あなた、このまま千絵ちゃんを幼稚園に連れていってくれる?」

「おれは疲れた。すまないが、君、行ってくれ」

「駄目な人ね」

と妻は笑ったが、その声のなかにかすかになじるような気配があるのを男は感じとったような気がした。

六畳の間で一人、仰向きに寝そべりながら、男は後悔がましく、声にだしてひとりごとを言ったりした。

「栗……飛行船……か」

男には、自分の胸の中で、その両者が微妙に結びつき、入りまじってゆくように思われた。そして、長いあいだ、彼は新鮮なイガからこぼれ溢れるつやつやとした栗を想像してみたり、ゆったりとおおらかに浮游してゆく飛行船の形態を夢見たりして過した。

「栗よりも飛行船だ。おれは子供じゃないんだからな」

妻が戻ってきてからも、男はなおも、飛行船を呼ぶという男のことをひたすらに考えていた。二億円かかるというその計画、その一員にもなってみたい事業はその後どうなっているのであろうか。

午《ひる》まえ、彼はぶらりと表へ出、長年歩き慣れただらだら坂をくだった。その広からぬ道も最近一方通行になり、はじめは後ろからくる車がなくて便利と思えたのだが、そのうちいやに交通量がふえてきて、何台もつらなってくる軽トラックを避けるため道端に立止ったりしなければならなかった。

途中に新しく建築中の二階家があって、買物籠をさげた主婦が二人、その前で立ち話をしていた。

「これ、アパートですよ。この道はいずれ拡張されるはずだから、こんなもの建てちゃ違反ですよ」

「それだけ立退き料をとるつもりなんでしょう。ずるいですわねえ」

そういう自分と関係ない会話を耳にはさみながら、男は坂をくだり、これも最近できたガソリンスタンドの前をよぎって、公衆電話のボックスにはいった。アパートの電話は管理人室にあって話を聞かれるため、わざわざこんなところまできたのであった。

電話帳をくって、某新聞社の番号を確かめた。「夢の飛行船を呼ぶ男」の記事はその新聞社が出している週刊誌に載っていたはずだ。

週刊誌の編集部を呼びだし、飛行船の記事について聞きだそうとすると、むこうは忙しいらしく、かつ古い記事のためなかなか埒《らち》があかなかった。それでもようやくその記事を担当した記者が出張中で、あと三日経たないと戻ってこないことがわかった。

「それでは、またお電話します。有難うございました」

と、男は言った。

「失礼ですが、どういう方ですか、あなたは」

と、相手は最後になってそんなことを聞いた。

「いえ、……わたしは飛行機や飛行船のマニアでして、それであの記事に興味を持っただけなのです」

男は、とっさにそんなふうに答えた。

「ああ、そうですか」

と、面倒くさげな声が聞え、ついで乱暴に受話器をおく音がした。

男は自分も受話器をおき、公衆電話のなかに用もなくしばらく立っていて、やっと扉をひらき、外へ出た。前の通りを、連続して走ってゆく四台ほどの車をやりすごしながら、いくらかにがにがしくひとりごちた。

「閑人《ひまじん》だな、おれも」


妻が女の子のために、八百屋から栗を買ってきた。大粒の見事な栗で、つややかに、滑らかに光っていた。

あれから男は、女の子と一緒に、或いは一人きりで、何回か栗の木の家へ行ってみた。しかし、いつも期待を外される結果に終っただけだったし、空のイガさえも見当らないこともあった。その家の人がイガを片づけてしまうのであろう。

「ほうら、千絵ちゃん、素敵な栗さんでしょう」

妻が、畳のうえに大粒の栗を並べながら言っていた。

「うん」

と、女の子は四ツん這《ばい》になって、指先で栗をころがした。といって、予期したほど嬉しそうでもなかった。しばらくころがしていると、飽きてしまったようであった。

男が、

「千絵、クリさんのお話をしておくれ」

と誘っても、

「オバケのクリさんが……おヨメさん、きてちょうだい……もうおしまい、チエちゃん、お話、忘れちゃったの」

と、そっけなく言った。

男はしばらくテレビを見ていてから、急に立上った。

「ちょっと出てくる」

「どこなの？」

と妻が言い、

「チエちゃん、一緒にゆく」

と女の子が言っても、

「ちょっと御用。すぐ帰るから、千絵とはまたあとでね」

と言い捨てて、男はサンダルを突っかけた。

だらだら坂を降り、建築の進んでいるアパートの前を通り、男はいつもの公衆電話にはいった。

彼はここ何日か、飛行船を呼ぶ計画が一体どうなっているのか、それぱかりを突きとめようとしていた。われながら莫迦莫迦しかったが、それを突きとめないとどうしても落着けない気分であった。やっとくだんの記事を書いた記者を電話口でとらえ、日本飛行船創立事務所の電話番号を教えてもらった。その記者の話では、記事をつくってからその後の調査はしていないので何もわからない、そんなにお知りになりたいなら直接電話をしてごらんなさいという話であった。

男がその番号に電話をすると、女の声がてきぱきと「横沢商事です」と言い、聞いてみると、たしかにその部屋に飛行船事務所は設けられているのだが、当の主人公はいつも外出していて留守なのであった。いつお帰りになるかと尋ねても、わかりませんという返事だけが戻ってきた。

しかし、今日は、その飛行船を呼ぶという男はその場にいた。女の声が「少しお待ちください」と伝えたとき、男の胸はふしぎなほど高鳴った。考えてみるまでもなく、自分と縁もゆかりもない事柄なのに。

相手が出た。

「もしもし」

と、男は口ごもって言い、それから自分ながら慌しい声でつづけた。

「あなたが、飛行船創立事務所をおやりになっている方ですか」

「そうです」

「実は、週刊誌で飛行船の記事を見たのですが、つまり私は飛行船が大好きなのです。で、いつごろ飛行船はくるのでしょうか」

「それはですね」

と、相手は事務的な声で言った。

「発表は別の機関があるのです。いずれ飛行船の来日に関しては、そちらからくわしく発表があるはずです。それまでは私の口から申しあげられません」

なにかしら警戒的ともいえる口調であった。

「それでも」

と、男は喰いさがった。

「今年じゅうには飛行船はくるでしょうか。それとも来年になりますか」

「それは申しあげられません」

あくまでもにべもない声で、裏切られたような、急速に気の抜けてゆくような思いが男を捉えた。

「失礼しました」

と言って、彼は受話器をかけた。

公衆電話ボックスの外へでると、ひとしきり、車や街の騒音が耳についた。ほとんどとぼとぼと引返しながら、あの飛行船を呼ぶ男は、なぜあれほどそっけない返答をしたのかと、男はくどくどと考えた。あれは呼び屋というような商売で、競争相手でもいるのであろうか。ほかに機関などが本当にあるのだろうか。いやいや、とても考えられない。おそらく一室だけの小さな商社の、その片隅に一つの机をかまえているのが飛行船創立事務所の実状なのだ。きっと資金に困っているのであろう。スポンサーがつかないのだ。計画は暗礁《あんしょう》に乗りあげ、どうにもならなくなっているのだ。

男は空を見あげた。一応晴れているようでいて、薄く靄《もや》のかかった、どこかいがらっぽいような空であった。いつだったか、もっと童話じみて心をなぐさめてくれる空を見たことがある。子供のころは、そんな空ばかりのようだった気もする。

男はそこに、黄いろい船の浮游してゆく幻影を描こうとしたが、うまくいかなかった。

「もう飛行船のとべる空じゃないんだ、どこもかしこも……おれの心の中も」

ぼんやりと、男はそう思った。

——夜、夕食のあとに妻はゆでた栗を出した。大粒の栗は柔らかく、舌に甘かった。

しかし女の子は、それを喜んで食べたものの、そのあとで妙に不満げな顔をして言った。

「チエちゃん、ほんとのクリが欲しい」

「だってあれ、ほんとの栗よ」

「でも、食べるクリじゃないの。イガのなかのクリさんなの」

「あら、栗ってみんなイガのなかにはいっているのよ。この栗さんもそうなのよ」

そう説明されても、女の子は別にとっておいた五つほどの栗をいじりながら、どことなくもの足りなそうであった。

小さな蒲団に寝入るとき、クリさんの人形と栗を並べ、

「クリさん、チエちゃんがもっとかわいらしい、ほんとのクリさんのおヨメさん拾ってきてあげるわね」

などと言っていた。

時間が経ち、男が長いこと漠然と見ていたテレビを消したとき、

「あさって、職安にゆく日よ」

と、妻が注意した。

「うん」

と、男はうなずき、ついで低い声でもっそりと言った。

「今度は、おれも本気で職を捜すよ」

「あら、そういう意味じゃないわよ。あなたって、このごろなんでも忘れるから」

「忘れるもなにも、おれはなんにもしていない」

と、男は言った。

「それでいいのよ。誰だって、そういうときもあっていいのよ」

「君はいい妻だ」

と、男はぽつりと言った。

「千絵もいい娘だ。それなのに、おれはなんにもしない」

「ばかね」

と、妻はいつもの見慣れた笑顔をみせた。

「あなた、もうおやすみなさい」

「ああ、寝よう」

と、男は疲れきったふうにこたえた。

壁のカレンダーが、大きすぎ、けばけばしすぎて、こいつを代えたいな、とも思った。

その夜半、男がふと目を覚ますと、戸外を風が吹きあれていた。窓ががたがたいい、暗黒のなかに耳をすましていると、兇暴な風のかたまりが、ずっとむこうのほうへ吹いていって、家々や樹木をゆすっているのが明瞭に感じとれた。

次に目覚めたときも、颪は吹いていた。寝苦しい眠りからうつうつと目覚めるたびに、間断なく颪は吹いていた。

「栗が落ちる。きっと、沢山落ちる」

半ば夢の中で、男はそう思った。

次に目覚めたとき、颪はやんでいた。あれほど吹きあれていた全世界がしんとしていて、妻の寝息と、それとは区別できるかすかな娘の寝息がした。

スタンドをつけ、枕元の目覚し時計を見ると、五時になろうとするところであった。男は起上り、いつになくすばやく服を着た。それから、よく眠っているらしい妻子に気をくばりながら、スタンドを消し、扉口にむかった。

戸外はまだ乳白色の帳《とばり》のなかにあり、ひえびえと鎮まっていた。そのひややかさが、寝不足で朦朧《もうろう》としている男の頭脳を目覚めさしてくれた。男は久しぶりに仕事を持つ身のように、ささやかな昂奮を抱きながら、しんと音のない道を足早に歩いた。

路上には、昨夜の颪が吹き落したらしい、いろんな落葉がこぼれ散っていた。黄に褐色に変色したものもあれば、まだ青々とした葉もあった。

「きっと栗の実は沢山落ちている」

男は大股に、最後の角を曲った。

ガレージの前の路上、そこには幾ひらかの落葉のほか、イガらしいものは一つもないように思われた。

狼狽して男は近づいて、周囲をすばやく見まわしたが、空のイガさえころがっていなかった。ついで塀ごしに栗の木を見あげたとき、彼の胸に底のないような落胆がかぶさってきた。まだずいぶん枝葉のあいだについていたはずのイガが、一つも見当らないのだ。よくよく目をこらしてみても、そのてっぺんの枝のほうにも栗の実は存在しなかった。

おそらくは偶然、昨日のうちにその家で残った栗の実をみんな取ってしまったのであろう。それもあれほど高い梢のほうまでイガ一つ見当らぬのは、職人でも呼んで取らせたのではあるまいか。

重なりあって葉の茂った樹齢の古そうな栗の木は、男の目に急速に、限りなくむなしい、索漠たる眺めと映ってきた。その上の空がようやく青ずんできて、今日も晴であることを暗示していたものの、そんなことも同様に意味のないことのように思われた。

むこうの角から、うす穢《ぎた》ない白い犬が現われて、電柱をかぎ、すぐと横町へ消えた。

「栗もない、飛行船もない……」

男はもう一度、明けかけてゆく、どうでもいいような空を見上げた。

「そろそろ、おれは働くか」

眠り足りないのをようやく意識しながら、やはりぼんやりと思った。

「なんのためだか、よくわからないが」

おたまじゃくし

シナ事変のはじまるまえ、まだ世の中が平和と思われていた時代の話である。

距離、さんびゃあく、と子供がいった。

射て！　と大人がいった。

そこで二人は、射撃を開始した。菜の花畠のあいだを縫ってゆくほそ道にうつ伏せとなり、一メートルほどの竹の棒をかまえて、ずっとむこうの櫟《くぬぎ》林にひそむ敵軍に、攻撃を開始した。

ダーン、ダーン、と少年がさけんだ。

ダーン、と小さく男も声をだした。

少年のほうは、握りしめた竹の棒をたしかに小銃と感ずることができたし、片目をつむって夢中になって狙いをつけた。彼は、空気を切ってとんでくる敵弾の音や、まわりで土煙りをあげて爆発する地雷火のひびきをも感ずることができたし、そのたびに顔をぴたりと土につけ、まだ奇蹟的に自分が生き残っていることがわかるや、ふたたび竹の棒を肩にあてて射撃をつづけた。彼の小銃は、いつのまにか機関銃になっていて、銃口が火を吐くたびに、檪林のなかにいる敵軍はばたばたと倒れるのであった。

少年はぱっと跳ねおき、五、六歩前進すると、次の瞬間には、頭から突っこむように伏せをして、機関銃の引き金をひいた。

ダ、ダ、ダ、ダダダダダ……口が疲れぬかぎり、弾丸はいくらでもつづくのである。

しかし、もう一人の、大人である男には、そんな幻想はもとより起るはずもなかった。敵弾は一向にとんでこず、血なまぐさい戦場にしては、あまりに菜畠はのんびりと拡がり、眠けをもよおすような陽光がうらうらとふりそそいでくるばかりだ。それでも、彼は竹の棒を握って、よろよろと数歩走った。

地雷だ、伏せ！　と少年がさけんだ。

男はその声に、べたりとその場に腹這いになった。はじめから粗末な衣服を着てきたから、泥のつくのはかまわない。しかし彼は、すでに三十の半ばに達する年齢で、子供と一緒になって竹の棒をふりまわすには、いくらなんでも図体が大きすぎた。男の顔は浅ぐろく彫りがあって、立派なともいえる鷲鼻《わしばな》をしていたが、その両眼は妙におどおどと少年のほうを窺《うかが》っているようにさえ見えた。

部隊長、とだしぬけに少年がいった。

いくらか土の盛りあがったうしろの窪地に身を伏せて、このうえなく真剣な表情でそういった。

なんだね、と男はいった。

なんだねじゃないよ、と少年はいった。なんだね、なんていっちゃいけないよ。戦闘中だもん。

戦闘中、と男はつぶやいて、もっともらしく彫りのふかい顔をうごかしてみせた。

ズシーン、と少年がさけび、自分の声にきき耳をたてた。たしか、いまのは榴弾《りゅうだん》砲《ほう》らしいぞ。

迫撃砲かもしれん、と男はもそもそといった。

ちがうさ、と少年は否定した。あれは三十サンチ榴弾砲だよ。

うん、そうかもしれん、と、自信なさそうに男はいった。

部隊長！　と、声をまるで変えて少年がいった。敵の砲撃は猛烈です。このままではわが軍は全滅を待つばかりです。

なに、全滅？　と男はいった。

全滅です、と少年はくりかえした。部隊長、早く作戦を立ててください。

さて、と男はいった。どうしたものかな。

迂回《うかい》したらどうでしょう、と少年が提案した。敵の左翼にまわってと男はつぶやき、一瞬、いかにも情けなそうな顔、遥かにつづく菜の花畠を見やった。で、さきほど伏せをしたときから膝頭がぴりぴりしていた。このうえ、また長いこと匍匐《ほふく》前進をつづけたりしたら！

うむ、と男はもっともらしくいった。迂回はいかんな。

それなら、と少年はいった。決死隊を出しましょう。

決死隊、と男はつぶやき、あからさまに不安げな声で問いかえした。それはどんなことをやるんだね。

ここから突撃をして、と少年はいった。爆弾を抱いて敵の陣地にとびこむのです。

なるほど、突撃をね、とひとりごとのように男はいった。だが爆弾がないだろう。

少年は忙しくあたりを見まわした。うまい具合に、二メートルほどもある丸太ん棒が、畠の土に半ば埋もれているのが目に映った。

あれだ、と少年は勢いこんでいった。あれがいいや。爆弾三勇士の使った爆弾に似てるや。部隊長、いかがでしょう？

男は、少年がひきずってきた丸太が腐りかかっており、うっかり触ったならべとべととした湿気や、棘《とげ》くらい刺さりかねないのを見てとると、いそいで口をうごかした。

うむ、決死隊もいかんな。

どうして？

損害が大きすぎる。

だって、はじめから死ぬ覚悟だもん。

なんでも、いかんな。

じゃ、どうするの？

もうやめだ。退却じゃ。

男はもっそり立ちあがると、腰をさすり、ズボンやシャツについた泥をはたいた。ついで、これで完全に終りだという具合に、片手でけっこう整った顔をつるりと撫で、二、三度、左右に首をふった。その表情には、ああ、こういう莫迦げた真似はもう沢山だ、これから自分の仕事に戻るのだ、という、いかにも大人らしい分別と意志があらわれていた。

しかし、少年のほうは、ちっとも男の表情なんか気にかけはしなかった。

ちぇっ、と少年は口をとがらしていった。そんなのないや。

叔父さんはもうやめた、と男はきっぱりといった。叔父さんはいつまでも遊んでいられない。

おたまじゃくしに、と少年はいった。餌をやるの？

うん、と男はこたえた。そのほかいろいろとね。

あの櫟林を、と少年はいった。占領するまでって約束じゃないか。

あんな林は、と男はこたえた。どうでもいい。

そんなら、と少年は急に脅迫がましくいった。今度の日曜日、ぼくはおたまじゃくしをとりにいかないよ。

それは、と男はいった。きたくなかったらこなくていい。

けれども、男のなかでなにかがゆらいだのはあきらかであった。そもそも男は、彼の属する一家のなかで、いちばん重要視されない一人であった。未だに独身で、かつなんらの職にもついておらず、兄の家に便々と寄食している身分なのだ。三人いる兄の子供たちさえ、彼をよい遊び相手としながら、どこか軽蔑していることが感じられた。とはいえ、男は内心では野心も抱いていて、大がかりな食用蛙の養殖にのりだそうと研究をしていた。けれども、小遣いにも不足する男は、千葉県の沼地に多いそのおたまじゃくしを、兄の子供らと一緒にとってきて、幾つかの水槽に飼い、これをいかにして早く大きく育てるかという実験をしていたが、実験とは名ばかりで、どちらかといえば子供だましのようなものであることも確かであった。なにより、おたまじゃくしという語感がわるくて、彼の研究を母や兄や兄嫁たちは少しも理解してくれなかった。おたまじゃくし、というだけで、ずっと無能であった男をさらに徹底的に莫迦にしていた。

　ここで、彼の研究を手つだってくれる兄の子供にまで、そむかれることは痛手にすぎた。そして、そういう微細な事情までを、子供はちゃんと承知しているのであった。

　だいたい、と少年はいった。ぼくが行かなきゃずっと獲物は少ないよ。

　うむ、と男はうなった。

　茂の二倍はとるからね、ぼくは、と少年がいった。

　それは、と男は曖昧にいった。まあそれはそうだな。

　ぼく、叔父さんの手伝いをするのが好きなんだ、と少年はいった。あの櫟林を占領したら、ぼく、おたまじゃくしを三十匹とるよ。

　うむ、と男は情けなそうにうなずいた。

　四ツ手網も持ってってあげるよ、と少年はつづけた。そうすりゃ、五十匹のおたまじゃくしを……

　じゃあ、と男はいそいでいった。あそこを占領すりゃあいいんだな。

　そうさ、と小賢《こざか》しく少年はいった。

　その代り、なんだよ、と男は卑屈にちかい声をだした。採集のときは、鮒《ふな》なんかとってちゃいけないよ。食用蛙のおたまじゃくしだけをとるのだよ。

　うん、と少年はこたえた。

大切に、弱らせないように持って帰るのだよ、と男は念をおした。このまえみたいに……

わかったよ、叔父さん、と少年はうるさそうに急に声音を変えていった。部隊長、決死隊を出しましょうか？

よろしい、と男は哀れっぽい声でいった。決死隊しか方法がない。

誰と誰が行きます？　と、勢いこんで少年がいった。

木島少尉！　と、男は声をはりあげた。

はっ。

おれと一緒に出発じゃ。

はっ！

少年は猫のように敏捷に跳ねおきると、腐りかかった丸太ん棒をかかえて身がまえた。こちらの男も、いやいや爆弾のうしろをかかえた。手に、じっとりと湿った土とぬるぬるした朽木の感触がした。

少年は進みだした。その足どりは活発で早く、次第次第に早く、ついに菜の花畠を踏みにじって、駈け足の突撃に移った。男は、いたずらに長い足をぶざまに動かし、背を丸め、それでもぎくしゃくと真剣に、畠の土に足をとられながら走った。

やがて、腐った丸太ん棒をかかえた小さいのと大きいのと二つの人影は、それぞれの突貫の叫びをあげつつ、櫟林へとびこんでいった。小さいほうは勇ましい鬨《とき》の声を、大きなほうは悲鳴に似たうめき声をあげながら……。

またやがて、本物の戦争がはじまった。小さな戦争から大きな戦争へ——それはとめどもなく途方もなく拡がっていった。

男と少年は、その逆の順序に戦争に加わった。少年は最初の学徒出陣として出かけ、華やかに、いさぎよく、南方で戦死した。男はもっと戦争末期に第二乙の補充兵として召集され、シナ大陸の奥地を長いこと転々とし、最後はおそらく栄養失調でよろばい死んだ。

むかしの戦争ごっこと似たようなものであった。

静謐

久文とよ刀自《とじ》ほど、もの静かな、音のない、閉ざされた生活に沈んでいる人は少い。八十五歳という年齢がそうさせるのであろうか。ここ二、三年来、お茶事とか、能、謡などに外出することも絶えてなかった。といって老耄《ろうもう》はべつに彼女の頭脳を犯してはいない様子で、その声には未だはりがあり、持病のリュウマチの出ないときには立居ふるまいに難があるのではなかった。

ほそ面の鼻のいかつい顔には無数の小皺《こじわ》が刻まれてはいたが、その頰は奇妙に赤みをおび、くちびるのいろも戸惑いを覚えるほど若々しい。プラチナのカラーリンスをした髪が紫いろに見え、昔日の色香を残しているようでもある。

それにしても、音のない、無為の時間に包まれた日々である。

刀自はほとんど口をきかない。たまに家人と顔を合せるとき、それが午後であって

も、

「はい、おはよう」

と言う。それきりである。

もともと刀自の住む三間が、他の建物から隔絶されているのも一因である。そこは震災をも太平洋戦争の空襲の災をも免れた、大正のはじめに建てられた日本家屋で、ちょっとした渡り廊下によって、戦後建てられた母屋《おもや》の洋館の裏手につづいている。

備後畳の八畳間が居間である。格天井《ごうてんじょう》はずいぶんとくすんでいる。床の間にはよく松花堂や探幽《たんにゅう》の掛物、横手の違い棚には古九谷《こくたに》の大皿が飾られているばかりである。その上方に、彼女の夫、久文商会の創立者である久文安光の写真があるが、彼は十七年前にこの世を去った。

安光の豪放な性格、数々の逸話も、今ではその写真同様、古び、光沢を失いかけている。ともあれ、とよ刀自は遥かなむかし、夫の女癖には悩まされ通してきた。そして彼女は眉も動かさずにそれに堪えてきた、と事情を知る人々の間では語り草になっているくらいだ。現に彼女は戸籍上五人の子を持つが、そのうちの二人は彼女の腹をいためた子ではない。しかし、そうした事柄はその当座に於《お》いてすら久文家にべつだんの波瀾をもたらしはしなかった。こうして時が流れた現在では、その事実すら夢のように淡く霞んだものとなっている。

長男の信也が母屋に住み、五人の子持ちだが、その末っ子も大学生になっている。一方、三男の徳也が庭の片隅の別宅に住んでいる。子ができるのが遅く、幼稚園へゆくようになった四歳の女の子が一人いる。

とよ刀自には、むかしから孫を可愛がるという性癖がない。五人の子供たち――それが自分の子であれ、他の女の腹を痛めた子であれ――同等にひややかだったが、孫に対しても一向に頰をほころばすことがないのは奇異な目で見られた。

戦後、新しい洋館が建つまえは、一同は今ではとよの住居に三間残されているにすぎぬ古びた家に、もっと身近に暮していた。信也のまだ小さかった子供らは言ったものだ。

「おばあちゃまって、へんな人だね」

「そうよ、あたしきらい」

もっと大きな子が言った。

「さわらぬ神にたたりなしさ」

あらゆる孫たちは、祖母の膝に一度も抱かれたこともなく、頭を撫でられることもなく育ったのである。

今では祖母はへだたって暮している、たまに顔をあわせれば「はい、おはよう」としか言わぬ奇妙な存在にすぎなかった。幸い、みんなはへだてられて暮すことができるのである。

信也は割りきって、母をほったらかしにしてある。母はむかしから一風変っていたし、親子の情愛などというじめじめしたものはお好きでないらしいことを承知している。彼の二度目の妻、三弥子も、はじめはこの姑《しゅうとめ》にずいぶんと気を遣ったが、気を遣うことが意味のないことに気づき、夫のやり方に従うことにした。所用がなければ、御機嫌うかがいにゆくことはもう絶えてしない。ただ合理的に、週一度、大学の助教授である三宅博士に健康診断をお願いしてある。

三宅博士は短時間の診察をすましして、母屋でちょっと腰かけ、いつも職業的なおどろきをわざと見せて言う。

「いや、お丈夫ですな。どこといってほんとに……しかし、お齢《とし》がお齢ですから、唾液腺ホルモンをしばらく使うことに致しましたが」

「なにぶん宜《よろ》しくお願い致します」

長男夫妻の義務は、これで完全に済んでいるといってよい。

食事はもちろん居間で一人でされる。かつて外国で短からぬ生活をした刀自ではあるが、ちかごろは洋食は一切とらない。夜には、このわた、このこなどで白鷹《はくたか》を一本召しあがる。

越前がに、鯛頭《たいがしら》の山椒焼などを好まれるが、かなり屡々《しばしば》、志保原《しおばら》、八百善《やおぜん》から料理をとりよせる。辻留《つじとめ》のお弁当もお好きである。千もとからのふぐ、大市《だいいち》からのすっぽんのお椀などを賞味されることもある。菓子類は開進堂の西洋菓子と鶴屋八幡の生菓子にほとんど限られる。

日に三度、一保堂、あるいは柳桜軒の濃茶《こいちゃ》をお薄にたてて召上る。

身の周りの世話は、ある特定の小間使にさせているが、一年ほどまえから、みよという若い小間使がお気に入りとなった。といって、刀自の口数はごく少い。

呼鈴を鳴らして、

「はい、御馳走さま、おさげ」

と言うばかりである。

陽気のよいときは、一間の広縁の籐椅子《とういす》に腰かけて、じっと庭を見すえている。見すえている？　いや、その視線は定かならず、おぼろな過去の思い出にじっとふけっているのかも知れぬ。近ごろでは、絶えて新聞すらお読みにならぬ。

稀《まれ》に呼鈴が鳴り、

「金魚に麩《ふ》をおやり」

と、庭の池を見つめて言うこともある。

あるとき、庭の芝生に雀《すずめ》が数多《あまた》たむろしていた。すると、だしぬけに、

「おまえ、あの雀をおとり」

と言われたことがある。おどろいて刀自を見やると、そのほそい、にぶい裂目のような目はあらぬ方に向いていて、

「雀をでございますか」

と問い返すと、

「もういい、おさがり」

と刀自は言った。

それにしても、その他の時間を一体どのようにして過しているのかと、はじめのうちはみよもいぶかったが、人は長く疑問の中に浸ることもない。それがとよ刀自の日常なのである。

静かな、音のない、無為な時間に慣れきっているのである。そうみよは思ったし、もとより家人はずっと以前からそう思っていた。

夜九時ころ、みよが手伝って刀自を床へ入れる。

「御苦労さま、おやすみ」

抑揚のない声がそう言う。あるとき、みよは柄にもなく恐怖の情にとらわれた。このお方は、とみよは思ったのだ、こんなふうにまったく変化のない日を積重ねて、あと十年も、ひょっとすると二十年も生きられるかも知れない……。

ところが、ささやかな変化、しかし刀自を知る人々にとっては驚嘆すべき変化が、

しばらくまえから現れた。すなわち、三男の徳也の娘、四歳の千花が、屢々この祖母のもとへ遊びにゆくようになったのだ。それを刀自が許している、少しも叱らない、それればかりかそれを待ち受けている様子さえ窺《うかが》われる。

　千花は一時間も、ときには二時間も祖母の居間に入りこんでいることがある。

　信也の妻の三弥子が訊いた。

「千花ちゃん、おばあさまのところで何していらっしゃるの?」

「お話、きいていたの」

　と、幼い女の子は答える。

「まあまあ、なんのお話?」

「よくわからない。おばあさまのお話はむずかしいのよ。でも千花、おもしろいの。おばあちゃまって、あたし好きだわ」

「まあ、ふしぎな子ね」

　と、三弥子は二、三度頭をふった。

　それから、たまたま母屋へきた徳也とその妻の静江に、多少皮肉まじりに言った。

「千花ちゃんて別格ね。お母さまがそばに子供を近づけるなんて、わたし想像したこともないわ」

「そりゃ奇妙だ」

と、千花の父親である徳也も言った。

「お母さまは大体孫が大嫌いな筈ですよ。兄貴の子供たちだってそばに寄らせもしなかったし。千花にしたって、生れたって顔を見ようともなさらなかったですよ。これが退院してから一応見せに行ったら、はい、おめでとう、とおっしゃって、そのまま顔をそむけてしまわれたのですからね」

「それが千花ちゃんは、ちかごろ出入り御免のようよ」

「やっぱりお齢《とし》かな」

と、徳也は不明瞭に呟いた。

「お齢って、ずっとまえからお齢ですよ」

「いや、お母さまはいよいよのお齢になったのですよ。つまり死期が迫っているということです」

「いやなことおっしゃいますな」

「いや、ほんとに只事《ただごと》じゃありません。お母さまが孫に話をしてやるなんて」

「あなた、冗談じゃありませんよ」

と、静江も言った。そのくせこの二人の女は、内心では徳也の言葉をかなりの確信をもってうべなったのである。

その夜、遅く戻ってきた信也のほうは、妻の報告を聞くと、もっと直截《ちょくせつ》なことを言った。

「そりゃ徳也の言うとおりだ。おまえ、おふくろのちゃんとした写真あったかねえ。お葬式のときにどれを使うか選んでおいてくれ」


あるけだるい梅雨まえの一日、幼稚園から戻った千花は、祖母の居間へ出むいた。すでに通い慣れた道すじである。唐紙ごしに、「おばあちゃま」と花やいだ声をかける。

「千花かい。おはいり」

抑揚のない声がそう言う。

この孫を迎えても、茶の無地の結城《ゆうき》を着て博多《はかた》の袋帯をきちんとしめた刀自の表情がべつだんなごむというわけではない。

細い瞼《まぶた》のあいだからにぶい光をおびた目が、千花が居間にはいってきて、机の前にきちんと坐るのをじっと眺めている。

「おばあちゃま、こんにちは」

「はい、おはよう」

表情を崩さない顔がそう言う。

それから刀自は立上って、輪島塗りの菓器を持ってくる。中にはいっているのは、菓器にふさわしからぬアトム・チョコレートだのオバQ・ガムなどである。こうした駄菓子をみよに命じて久しく前から千花のためにとり揃えているのである。

「おあがり」

「はい、おばあちゃま」

刀自は、幼い孫娘のやわらかなくちびるに、チョコレートが溶けて附着してゆくさまを、顔をほころばすでもなくじっと眺めている。

「今日は幼稚園で何をお遊びだね？」

「あのねえ」

と、千花はくるくると目を忙しく動かして、急にぞんざいな言葉つきになる。

「いろんなこと。それから先生がお話をしてくださったわ」

そして、ちょっと真剣な眼差となり、

「アクマっているの？」

「悪魔かね」

「ほんとにアクマっているの」

「おりますよ」

平然と無表情に刀自は答えた。

「どこにいるの？　ほんとに角の生えたアクマがいるの？」

「日本にはいないねえ。西洋にいるのですよ。西洋にはおまえ、古いふるーい石のお家があってね、なかには何百年も何千年もむかしのお家があってね、そういう古びた石の間に棲《す》んでいるのですよ」

「信也おじちゃまの石のお家にもアクマが住むの？」

「あれじゃ駄目です。もっと、ずっと古くないと」

「おばあちゃま、アクマを見たことある？」

刀自の表情のない顔がすっと動いて、正面をむいた。ふしぎに色のよいくちびるから、

「あたしはねえ、何遍も見たよ」

「ほんと？　じゃあ、そのお話して」

「おまえ、悪魔のお話をお聞きになりたいかえ」

と、至極もの静かに刀自は言った。

「はい、おばあちゃま」

「そう」と刀自は言った。「それではお聞き」

これがいつもの刀自の孫娘とのやりとりであった。

「あれはわたくしがね、最初に外国へ行ったときのことだったね」

と、刀自はゆるゆると話しだした。抑揚なく、自分自身いささかも興ないかのごと

く。

「あれはおまえのお祖父《じい》さまがパリのお店へ行かれるというので、あたしがついていったときだよ。そう、世界大戦が終ったあとでしょうねえ。ずいぶんと刻《とき》が経ちましたよ。でもおまえ、昔のことと近くのことがだんだんと区別がつかなくなるものでねえ。この間の戦争と昔の戦争とさして離れてもいないように思えるねえ」

千花は行儀よく、無言で、祖母のくちびるを洩れる音声に聞きいっていた。

ところどころ理解しがたい言葉もあったが、彼女はそれを聞き返すことは決してしなかった。それが二人の間の黙契でもあった。祖母の話は、それが一人勝手で、次第に自らの追憶の波に呑みこまれてゆくにつれ、千花の理解のとどきかねる領分にはいってゆくのだが、それだけ暗黒で、千花が夏に連れていかれる山荘の厚ぼったい闇のようで、ところどころ諒解できる言葉が、異国のお伽話《とぎばなし》の鬼火のようにちらつく。

それは千花を魅し、身じろぎもせず祖母のくちびるの動きを見守らせるのであった。

「おじいさまはお仕事をすまされるとじきに帰国されましたが、あたしは残りましたよ。おまえのおじいさまはね、いろいろとお忙しいお方でしたが、ま、そのころあたしもおもしろくない気持でいたのです。で、そのままヨーロッパに残って、支店の人たちと旅行をしたり、一人で旅行をしたりして気晴しをしていたのですよ。あたしはおじいさまにあてつけみたいな気持でおりましたが、そりゃ心の中は寂しかったものです。しかしねえおまえ、女というものは一生のうちに一度はそういう気持を味わいがちなものですよ。おわかりかえ、おまえ？」

「はい、おばあちゃま」

　と、習慣的に千花はそう低く言う。

「でもねえおまえ、外国にはあたしたちは長くは住めませんよ。あたしは二年ほどもいましたが、ふた月も田舎にいると、おたくわんが食べたくって気が狂いそうにもなりますよ。それでまたぞろパリに戻って、おたくわんを頂くのです。おたくわんを頂いていれば、これはずっと日本人でいます。そうじゃないと、だんだんと外国人に変っていってしまいますよ」

「あたし、おたくわん、頂きます」

　と、千花は言った。

「そうそう、おまえは利発だからね。だけど日本ではべつに食べる必要はございませんよ、あんなものは糠味噌《ぬかみそ》臭いものですからね」

「おばあちゃま、アクマはいつ出るの？」

　と千花は言った。

「そうそう、悪魔のお話だったね。悪魔というのは本当にいるんだよ、おまえ。あれは秋で、いや冬の初めだったたか、あたしは北フランスの田舎に自動車旅行をしたことがあってね。

　ノエミイ・ド・ドラセラテモンクレーアという人に連れていってもらったのだがね。ときにノエミイ・ド・ドラセラテモンクレーアなんていっている女だったが、今から思うと素姓はわからないね。

　そう、半年まえくらいからのお友達で、そのころは親切なひとだと思っていた。だけどおまえ、悪魔の手先だったのさ。

「あたしたちは田舎道を長いこと走ってね。ほろをかけた車だったけれど、寒くって困ったことを覚えてますよ。あれは三日目くらいだったかねえ、なにしろ小さな町に泊りながらぐるぐると廻ってゆくのでねえ、明日はルアーブルへ着くだろうと思っている日に、その女が言うのですよ。とよ、明日はわたしたちの日ですよって。そして、奇妙な含み笑いをするのさ。その女はしなやかな猫みたいな体つきをしていたけど、あたしはそのとき、はっきり猫だと思いましたよ。

　忍び足で歩く猫ですよ。猫っていうのは気味がわるいよ、おまえ、何を考えているかわからないからねえ。わたしたちの日ですよって言われたって、こちらは意味がわからないのだからね。あたしはこの女はレスビエンヌかとも思ってみたよ。

「次の日、朝発つときになって、色の黒い男があたしたちの車に乗りこんできましたよ。アラビア人みたいでしたね。鋭い目をして口髭《くちひげ》を生やしてましたが、挨拶をしたきりほとんど口をきかなくってね。ノエミイもなにも言わないから、あたしはこの男と彼女とどういう関係かわからなくって困りましたよ。

ただ、つめたあい感じがしてね。あたしは本当の話、なにかぞっとしましたよ。悪魔と関係のある連中はみんなあんな感じがするのだね。

「白い埃道《ほこりみち》がずうっとつづいていて、相変らず畠ばかりで、ときたまうらぶれた林があって、そんな道がながあく続くのだよ。そのうちに霧が出てきてね、周囲も前のほうもすっかり霞んでしまった。車のガラスに水滴が一杯着くのですよ。

霧の中からぼんやり百姓屋が現れると思うと、もう霧の中に隠れてしまう。おまえ、なにしろガタガタの車ですからね、そんなに早く走れる筈がない。あれはなにか妖しいことでしたよ。

「どのくらい霧の中を走ったかわからない。前のほうがぼうっと明るくなってね。そこに教会の尖塔《せんとう》が見えましたよ。今から思うとはたして教会だかどうか、しかし、それと共に蠣《かき》の殻みたいに地面にしがみついているほかの家々もぼうっと見えてきた。

すべてが白っぽく、なんだか海の底にいるような気もしましたよ。

「そこで昼食をするって言うから、これはなんて町です？　とあたしが訊きますとね、ノエミイは含み笑いをして、わたしたちの町、って言うのです。すると黙りこくっていたアラビア人の男が、ぼそぼそした声で、わたしたちの町、って同じように言うので、あたしは半分からかわれているようで、半分いやあな気がしましたよ。「それでもかなり大きな宿屋があってね。歪《ゆが》んだような石造りで、玄関のわきがずっと欄干になっていて、そこに葡萄だか蔦《つた》だかがからんでいましたね。支配人が妙にうやうやしい人で、まるで音を立てずに歩きまわってね。でもああいう職業の人はそんな人が多いからあたしは気にもとめずにいましたが、お午《ひる》を頂くときには変な気がしましたよ。

ちょうど午どきで、食堂には幾組かの客がいましたが、話すでもなく、ふかい山の中みたいに静まりかえっているのです。それに給仕が、あたしたちを見て、ハッとしたようなそぶりを見せるのですよ。あきらかにおどおどしているようなのです。それが果してノエミイに対してなのかアラビア人に対してなのか、それともこのあたしに対してなのかわからないのです。でも、なんだかまたいやあな気がしましたねえ。注文をとると、まるで逃げるように去ってゆくのです。

「そう、スープはからい玉葱《たまねぎ》のスープでしたね、これはふしぎとはっきりと覚えていますよ。あたしはスープをすすりながら、そっと周囲を窺ったものです。なにか体が敏感になって、ふだんなら感じないような気配までが感じとれるような、どうもうまく言えないがねえ。すると、食堂に幾組もいる客たちが、みななにか関聯《かんれん》があるような気がしてね。

どこがどうとはわからないけれど、お互に連絡をとっている、そんな気配がするのですよ。そぶりをするわけじゃない、目くばせをするわけじゃない。ノエミイもいつもに似ず黙りこくって食事をしてるのです。そのくせ、みんなは仲間なのじゃなかろうかって、あたしはそう思ったたねえ。給仕の態度も相変らずでした。客たちに給仕するのでも、おっかなびっくりいざりよってゆくってふうでした。そのアラビア人がフォークを床に落したときなんか、たしかにビクッとしましたよ。おっかなびっくり代りのフォークを持ってきましたが、またこそこそと逃げるように去ってゆくのです。

「食事がすむと、ノエミイは、それじゃ夕方まで部屋をとって休みましょう、ってさっさと部屋へ行ってしまうのです。あたしはびっくりしてね、今日はルアーブルへ行かないのかと言うと、また謎めいた含み笑いをして、だって今夜はわたしたちの夜よ、って言って、階段をあがっていってしまうのだよ、おまえ。それであたしも仕方なく、自分の部屋へはいって少し横になりましたが、とても眠れるものじゃあない。窓から覗くと、貧相な低い町並が見えてね、まだ霧がこもっていて、傾いた破風《はふ》が夢像のように連なっていましたよ。

「あたしは少し外へ出てみる気になって、ショールをまいて玄関を出ていったのだが、ボーイが頭をさげて見送って、それから二人集まってひそひそ話しあっているのだよ。あたしは霧のたちこめる町をあてもなく歩いていった。店先に幾人かの男女がいて、あたしを見ると身をよけて、そのあとかたまってこちらを見ているようでねえ、それも単に東洋人に対する好奇心だけじゃないみたいでしたよ。気がつくと、崩れかけた石塀や古い破風などまでがこちらを窺っているような、なんて言いますか、町そのものが生きていて、あたしを監視しているような気さえしてくるのだよ。うすら寒くって、神経ばかりが冴えてくるようで、あたしはそそくさと引返したよ。宿へ帰ると、急に疲れが出て夕方までうとうととしてしまった。おまえ、おもしろいかえ？」

「はい、おばあちゃま」

と、千花はこたえた。

「夕食はやはりひっそりと、そのくせなにかいらだつような気分でした」

と、刀自は話をついだ。

「お午と同じような顔ぶれで、席も同じようで、給仕がおどおどしているのもおんなじさ。誰も声高に話す者なんておりゃしない。ぼそぼそとたまに当りさわりのない言葉を呟いて、それでもみんなの期待の高まりのようなものがこちらに伝わってくるのだねえ。ひややかな連中だが、その中からそうっと熱っぽいものが湧いてくる、そんな感じだよ。いろんな人種らしかったねえ。たしか英語を話しているのもあれば、給仕をヘル・オーバーって呼ぶ一組もあったよ。それでもふだんは顔を隠すようにして生活している連中じゃないかともあたしは思ったよ。そちらをちらと窺うと、みんな立派な紳士や夫人たちなのだが、そちらを見ないと、ふしぎとそんな気がしてくるのだねえ。

「食事がすむと、ノエミイがあたしは着がえるからあなたも一番わるい服になさいって言うのだよ。どうしてかと訊くと、これから御招待ですよと言うのだけれど、わるい服を着ておよばれもおかしいじゃないか。ためらっているとノエミイは古びたおかしな服を着てやってきて、あたしの手をぐんぐんひっぱってゆくのだよ。

「大きな部屋があってね、そこに食堂にいた連中も集まっていた。

そこで酒盛りをはじめていてね、あとからあとからお酒を注文して、あたしにも無理矢理のませるのですよ。給仕がまたおっかなびっくりお酒を持ってきて、置くと逃げるように帰っていったね。でもその給仕に、途方もないチップをあげるのですよ。あたしはお酒をのまされて、気持がわるくなってきた。あの葡萄酒ってのはおまえ、血がはいっているのですよ、人間の血がねえ、たしかに血の味がしましたよ。

「はじめはみんなひそひそ声で話していましたが、酔がまわってくるにつれ大声でしゃべりだしましてね。その半分がどこの国の言葉だかもわからないのだよ。みんな陽気になって、それでも内心の昂奮《こうふん》を一生けんめい抑えているようでした。目がへんに光っているのですよ。ただお酒に酔っているだけじゃありません。そのうちにおかしなことをする人がいてね、まだ若い黒髪の女なんか、妙な蔦草《つたくさ》で髪の毛をたばねだしたけれど、すると男たちが寄っていって、そこに接吻《せっぷん》したりするんです。それはクマカズラとのことでした。

あたしは周りの喧噪は知らないふりをしていたけれど、もう頭の中がぼうっとしてしまってね。なにしろ血のまじったお酒をずいぶん飲まされたからね。

「そのうちに、部屋は煙草のけむりと人々の熱っぽい息でもやつくようになってきた。誰かが立上って、あたしにはわからない言葉で叫びだしましたが、ノエミイの言うところによると、なんじ生けるうちはなんじの欲望にしたがうべし、とかいう意味だそうでしたよ。するとみんなが口々に叫びだした。サバスへ、ウィッチのサバスへ、と英国人らしいのが言うと、ノエミイも、ソルシェールのサバへ、と叫ぶんです。

妖巫《ようふ》の安息日ということだけれど、あたしはなんのことやらわからなかった。おまえねえ、一年に一度、悪魔がいろんな怪異なものを呼ぶ集まりなんだそうよ。もっともこの連中は年に何度もサバをやるらしいことがあとでわかったがね。

サバへ、サバへ、ってみんなが叫んで、卑猥《ひわい》な笑声と共に部屋を出て行きましたよ。あたしは椅子にぐったりなっていたが、ノエミイが手をぐいぐいひっぱって、下へ連れて行かれたよ。すると馬車が二台ほど出てゆくところでした。あたしは車に乗せられて、どこへ行くのか半分恐ろしくって、それよりも眩暈《めまい》がしてなにがなにやらわからなかったよ。

「車がどのくらい走ったか、そう長い距離ではないと思うのだが、おろされてみるとあたりは真暗、まだ霧が漂っていて、すぐ目の前に白っぽい建物がぼんやりと見えたよ。先に馬車でついた連中がカンテラをもっていて、近づくと荒れはてたお城なんだねえ。いつの時代のものか、塀なんか崩れかかって、灯りひとつなくそびえていると不気味で、それこそ悪魔でも棲《す》みそうだとあたしは思いましたよ。

酔が急にさめて、なんで自分はこんなところにいるんだろうって怖ろしくなってね。

「みんなは無言で、宿にいたときの陽気さはみじんもなくなっていた。誰もが声ひとつ立てず、寄りそって忍びやかに歩いてゆくんだね。扉がぎいと音を立てたよ。いやな奇怪な音で、何百年も眠っていた者でもこの音では目覚めるにちがいないような音でしたよ。

「黴《かび》くさいひいやりとした空気が淀《よど》んでいてねえ、ふだんはまったく使われていないにちがいないよ、あの城館は。ホールの天井ががらんと高くって、カンテラの光はもちろんとどかないし、上から闇がもやもやと降ってくるみたいな感じでしたよ。みんな跫音《あしおと》をひそめているのだが、それでもあたりに反響してねえ、まるで甲冑《かっちゅう》のすれあうようにも響くのですよ。コウモリでも飛びかっていてもあたしはおどろかなかったでしょうよ。それほど陰惨な、物凄い気配がたちこめていましたものね。千花、おまえ、こわくないかえ?」

「平気よ、おばあちゃま」

と、千花はこたえた。

「ホールの右手に部屋が幾つかあって、その一番奥の部屋にあたしたちははいりました。みんな黙りこくって、神妙にというより、緊張で青ざめているみたいでしたよ。それがカンテラの光に照らされて、まるで幽鬼の集まりのように見えたね。あたしはこわかったが、長い夢を見ているようで、いつかは覚めるだろうと心の隅で考えていましたよ。

「するとみんながなにか木の枝をとりだしました。ノエミイがあたしにも一本渡してくれてね、見るとハシバミの枝じゃあないか、それをずっと右手に持っているようにって、ノエミイは生真面目な顔をして言うのですよ。すると、英国人らしい白髪の紳士が進みでて、太い蠟燭《ろうそく》を二本、石の床に立てました。その火がやがて大きくなってくると、みんながほっとため息を洩らすのが聞えたね。

「もう一人の紳士が、なにか木の髄のようなもので、床にずっと線を描きだしました。黒ずんだ赤い色が石につくんです。できあがると、それは大きな三角形だったね。英国人が別の蠟燭を二本、その三角形の二辺の真中に立ててました。するとノエミイが、これまでになく真剣な声で、あの三角形のそばに近寄ってはいけない、あの線をちょっとでも越えてはならないって言うのです。どうしてかと訊くと、われわれはこれからあの中に悪魔を呼びだす、もしあなたがあの線を越えたら悪魔に捕えられてしまう、とこう言うのです。あたしは笑ってみる気にもならなかったね。なぜって、悪魔はもうそこいらにいるような気分になっていたからねえ。ほんとにみんなの顔を見ていると、真剣で、緊張に身じろぎもしないというふうに窺われたんだよ。

「アラビア人がその中から進みでてね、三角形の底辺になにか字を書きました。それから、その両側に十字の印をつけましたね、それを見守っている連中は、目を見開いてそれを見ていて、一つことが済むと小さくうなずくようにしていました。よっぽど重要なしきたりなんだろうねえ。

「アラビア人は二、三歩さがると、みんなを見廻しましたよ。するとみんなは黙ってこっくりをするのです。アラビア人は手に羊皮紙をもっていてね、それを地面の底から湧きあがるような声で読みだしたのです。あたしにはちんぷんかんぷんの文句ですよ。

　なんでもルキフェルって言葉がしきりと出てくるんです。それが悪霊たちの支配者で、その輩下であるルキフグス・ロフォカルスを呼びだして契約に署名をしようというのだよ。

　もっともあたしがそういうことを知ったのはあとになってのことだがね。

「言葉は陰々とつづくのだね。蠟燭がゆらゆらとゆれて、みんなの影が大きくゆれうごくのだよ。みんな目をとびださせそうにして固くなって立っている。ノエミイもごくりと唾《つば》をのみましたよ。アラビア人はよどみなく読んでいって、最後にこう呪文《じゅもん》をとなえるのだよ。あたしも少しは知っているが、おまえもこれは覚えておき、アグロン・テタグラム・ヴァイケオン・フティムラマトン・エロハレス……おや、さすがにあたしも忘れたねえ、あたしにはもう必要のないことだからねえ。

「それが冥府《めいふ》の底からの声のようにひびくのだよ。みんなが息をのむ気配が伝わってきて、あたしも金縛りにあったみたいに全身が固くなってねえ、いま悪魔が出るか、もう出るかと思うと冷汗がじっとり滲んできたね。アラビア人が唱え終った。すると沈黙がその底冷えのする部屋にみなぎってきて、しわぶきひとつ聞えないのさ。あたしも三角形の中をじっと見すえていた、今にもそこに、黒いもやもやしたものが現れるかと思ってね。

「本当にくろい煙がそこに漂っていたよ。だけどそれは蠟燭の芯からたちのぼる煙だった。どのくらい経ったかわからない。しんと静まった中で、誰かが吐息をついて、駄目なようだ、って言ったよ。するとみんなも緊張を解いて、急にガヤガヤしだしました」

「アクマは出なかったの？」

と、千花は訊いた。

「いいえ、ちゃんと出ましたよ。まあお聞き。とにかくみんなは歩きまわったり、三角形の線を踏みにじったり、声高に話しあったりしたよ。英国人なんか不機嫌にまくしたてるし、ノエミイはヒステリイみたいに笑っていた。そのうちに馬車から酒やら食物やらを持ってきて、その部屋でまた酒盛になったよ。みんな石の床の上に腰をおろしてね。びんに口をつけてガブガブお酒をのむのですよ。外観は紳士淑女みたいだけど、山賊みたいな人たちですよ。そして言うことには、黒いメンドリの血を使わないからいけないとか、香油を塗らないからいけないとか、そんなことばかり。ノエミイはまだ喉ぼとけを上向けて笑っていました。

「あたしも無理矢理に飲まされましたよ。飲まないと、みんな怒るのですものね。みんなは飲んで食べて、悪魔と契約するには何を要求するかとか、誰々は公爵になっているがあれは悪魔のせいだとか、そんなことばかり言いあっていました。

「あたしは頭の芯がぐらぐらして、もう坐っているのがやっとだったよ。石の床がひんやりしてね、黴《かび》くさい臭いがわずかに意識をはっきりさせていたんでしょうね。でもそれも長くはつづかない。朦朧《もうろう》となって、あとはなにがなにやらわからなくなったね。

「気がつくと、ベッドに横になっていました。あとでわかったのだが、いつの間にか宿のベッドに寝ていたらしいね。あたしが目をさましたのは、そこに悪魔がいたからです。黒い悪魔があたしの体をいじくっていたからです。あたしは恐怖で軀《からだ》がこわばって、声も出なかったね。すると悪魔はあたしの体をおしひらいて、そこへわけいってきました。悪魔のそれは物凄くって、あたしはその痛みに思わず小さく叫んだよ。と、あたしにのしかかっているのは悪魔ではなく、あのアラビア人だということがわかりましたよ。あたしは必死にはねのけようとした。しかし相手の力の強いこと、それこそ万力《まんりき》のようで、あたしは喘《あえ》ぐより手がなかったね。するとアラビア人めは、いろんなふうにあたしをいじくりはじめた。それがねえおまえ、それまであたしが想像もしたこともない仕方なのだよ。

あたしはうめきましたよ。だがね、それはやっぱりアラビア人ではなく、悪魔だったのです。それでなければおまえ、あんなふうに……。熱い波がいろんな方向からうち寄せてきて、あたしはまったく溺れてしまったね。あれは本物の悪魔でした。ときどき意識がよみがえってくるたびに、あたしはそのアラビア人が、はっきりと角を生やしていたのを見ましたもの。それから、その背中に黒い翼をね。あれは悪魔、本物の悪魔でしたよ」

刀自はしばらく沈黙した。それから、さりげなくこう言った。

「さあ、おばあさまのお話はこれでおしまい。でもねえおまえ、むかしおまえのおじいさまはあたしのことを、お床の中では石のような女だとおっしゃって、ほかの女のところへお出かけになっておしまいになったものですが、そのときからあたしは石の女ではなくなったのだよ。悪魔のおかげでねえ。それからあたしはときどき悪魔を呼びだすようになったのだよ。オホホホ、ホホ」

刀自はわらった。いたくなまめかしい声で。

それから入歯を外し、水を入れた容器の中へ収めた。めっきり不明瞭になった声で、

「じゃあ千花、今日はこれでおしまいですよ。またお出でな」

「はい、おばあちゃま」

と、千花はこたえた。


千花は離れを出、渡り廊下をたどり、洋館の居間からベランダへ出、そこの入口から木立のむこうのわが家へ戻るのがいつもの習慣である。

ベランダまできたとき、珍しく早く戻って憩《いこ》っていた信也が声をかけた。

「おや、千花ちゃん、またおばあさまのところかい？」

「そう」

「それでなにかね、おばあさまのお話を聞いてたのかね。おばあさまのお話、おもしろいかい？」

「おもちろいわ、とっても」

と、千花はこたえた。

そして、ベランダの横手の入口に脱いであったバンビの絵のある小さなゴム草履《ぞうり》を突っかけると、ばたばたとむこうへ走って行った。

「おふくろも変ったねえ。いよいよ御陀仏《おだぶつ》とちがうか」

と、信也は妻にむかって言った。

「それにしても、千花に一体どんな話をしてやってるのだろうね」

三弥子は無関心に、テーブルのコップを片づけながら言った。

「カチカチ山とか、花咲じじいのお話でしょう、どうせ」

あとがき

自分の短篇の中で、私が比較的気に入っているものを、ほぼ年代順に配列してみた。「岩尾根にて」は昭和三十年の執筆で、翌年の「近代文学」一月号に発表した。私はずっと同人誌「文芸首都」で書いていたが、奥野健男氏が私の生原稿を読んで、これは「近代文学」に紹介すると言った。そのとき私は、あの雑誌は左翼の人ばかりいておっかないからやめてくれと言ったのだが、奥野氏はかまわずに原稿を持って行ってしまった。幸い、埴谷雄高氏、荒正人氏らがかなりの評価をしてくださり、以後、私は次々と「近代文学」に発表するようになる。「近代文学」は私の恩人でもある。「羽蟻のいる丘」はもっと前に、昭和二十九年に書き、昭和三十一年三月号の「近代文学」に発表した。私は若いとき、人妻との恋愛体験があり、これはのちに「幽霊」の続篇である「木精《こだま》」という長篇にくわしく書いたが、「羽蟻のいる丘」はその前奏曲ともいえる掌篇である。チェコスロバキアで訳され、同じくチェコの雑誌に英訳もある。私の初期短篇の中で、もっとも抒情性の濃いもので、「岩尾根にて」と並び、自分で気に入っているものだ。

「河口にて」。昭和三十四年執筆で、「文学界」昭和三十五年九月号に発表した。昭和三十五年は、私が三月に「どくとるマンボウ航海記」を出版し、七月に「夜と霧の隅で」で芥川賞を貰った年で、受賞第一作として何か書かねばならず、航海中の余話として短篇にまとめたものである。亀の話などは、当時パリに留学していた辻邦生氏から航海中に貰った手紙に書いてあった実話である。或いは辻夫人がそう書いてくれたのかもしれない。辻夫人は偉い学者だが、同時に子供っぽく可愛いらしい話が好きなのである。

「星のない街路」。昭和三十三年執筆。私には実際に行ったことのない外国のことを、人の話とか何枚かの写真とか本とかによって空想して書く癖もある。「埃と燈明」からしてそうであった。これはアメリカに留学していた先輩の心理学者がメキシコからくれた一枚の絵ハガキが触媒《しょくばい》となり、のちに帰国した彼からいくらかの話を聞き、図書館へ行って二冊のメキシコの本を借り、それだけの知識ででっちあげたものだ。「星のない街路」も同じ成立を辿っている。同じ心理学者、すなわち故相場均氏がくれた一枚の絵ハガキと、彼の体験談にフィクションをまじえて書いた。「近代文学」昭和三十三年九月号に発表した。

「谿間にて」。昭和三十二年執筆。これは「群像」に持ちこんだが、どことい って特色もないという紙片と共に返された。もちろん自分で取りに行ったのである。この作品は、台湾で過ごされた埴谷氏に生原稿を読んで頂き、台湾の山の雷の凄まじさなどを話して貰っていくらかの箇所を訂正した。私が文芸雑誌に初めて作品を発表したのは、昭和三十三年十一月号に載せた「埃と燈明」である。その次に、昭和三十四年二月号に発表されたものである。そのとき、私はいわゆる「マンボウ航海」で日本を離れており、ハンブルクでその雑誌を受けとった。同時に、なだいなだ君からの手紙に、新聞の切抜きが同封されていて、平野謙《けん》氏が文芸時評で「今月のベストスリー」に選んでくれたのを知り、たいそう嬉しかったのを憶えている。私の作品が批評家に讃められたのは、この作品が最初のことであった。ちなみに、作品の珍蝶フトオアゲハは、現在は台湾で新産地が次々と発見されたばかりか、幼虫から飼育して蝶をとることもなされており、もはや珍種ではなくなっている。

「不倫」は、それどころか、よその惑星、つまり火星の話である。シェクレイの或る作品からヒントを得たものだが、「不倫」のほうがシェクレイのものより上出来である。しかし、シェクレイのSFは私は好きで、それを読まなかったなら、この作品は書けなかったかもしれない。昭和三十三年執筆、「近代文学」昭和三十三年十一月号発表。このように、私の初期の短篇の自分で気に入ったものは、ほとんど「近代文学」に発表した。また、初期の短篇のほうが後期の短篇よりもいいと人も言うし、自分でも或る程度そう思っている。しかし、年齢によって若いころのういういしさを失なってゆくのは、人間として必然のことでもある。

「死」は、父茂吉の死をあつかった作品である。「世界」昭和三十九年三月号に発表した。この作は、「群像」の合評会で酷評を受けた。主として、河上徹太郎氏が他の二人の方を主導したおもむきがある。河上氏は、同時に私の「楡家の人びと」の文体までを否定した。これには、私はさすがに激怒した。氏は立派な批評家であったが、少なくとも「楡家」の評価については大誤算をしたと、私はそう信じ、また私の全集の月報にもそう書いたものである。「死」については、「文芸首都」時代からの友人、故日沼倫太郎氏が弁護の文を書いた。日沼君は、「文芸首都」時代の評論はあまりよくなかったが、その頃からよいものを書きだし、これからというときに亡くなった。惜しい友人を私は失なったわけである。

「黄いろい船」。「新潮」昭和四十三年四月号発表。この作品は、当時、飛行船を呼ぶ男の話が新聞に載って、そこからヒントを得た。失業中の男については、新宿の職業安定所に取材に行った。その帰途、パチンコ屋の広告などを実際に見、作品にとりいれた。また、大人の玩具については、当時、新宿駅の構内にそういう店があり、本当にその妙な品物が置いてあった。栗拾いに行ったのは、私の娘（当時は小学生であった）の体験で、私もその家の前まで行ってみた。男が亡父の栗拾いの話を思いだすが、これは箱根の山小屋で、茂吉が私に昔の追憶をそう語ってくれたのである。とりわけ問題とする点はないが、淡々とした作で、私はかなり自分で好きなのだが、文芸時評ではほとんど取りあげられなかった。

「おたまじゃくし」。この作品の原型はたいへんに古い。すなわち、昭和二十六年に、私は「為助叔父」という作品を書いた。これが気に入らず、別の形で書き直しだしたのだが、ほんの何枚かで中絶してしまった。「為助叔父」は、「別冊文藝春秋」昭和三十五年九月号に発表した。「楡家の人びと」に登場する米国叔父を更にフィクション化したもので、キノコの人工栽培は小学校時代に私がやったのである。「少年倶楽部」にその広告が載っていて、私は貯金箱をはたいて菌種を注文し、びんは病院の竈《かまど》で消毒したりして大奮闘をしたのだが、ナメタケが二十本くらいのびんからようやく生えただけであった。余談になったが、「おたまじゃくし」はその冒頭の書き直しの部分に手を入れたもので、食用蛙のオタマジャクシは、私が小学生時代、千葉県の釣堀屋《つりぼり》に行ったとき、その池はコイを釣るのであったが、同時にその大きなオタマジャクシがいくらもいた。私はそれを何匹も採ってきて、自宅の小さな池で飼っていたものだ。実際、不気味なほど大きなものであったが、蛙になると初めはあんがい小さく、すぐどこかへ逃げて行ってしまった。この作品は故吉田健一氏が讃めてくださった。

「静謐」。「別冊文藝春秋」昭和四十一年新春号発表。私には子供じみたところがあり、黒魔術なども大好きである。若いときから、さまざまな本を読んでいて、それを作品化したものである。私は婦人の和服とか茶や高級な刺繡や菓子についての知識がそのときにはまったくなかったので、すべて母から教わった。また、祖母の印象も取り入れてある。この作品は大したものではないが、三島由紀夫氏が手紙を寄こされて、いくらか讃め、同時に「意地悪な」批評もしてくださった。のちに、私はこの作品をふくらませて、「悪魔のくる家」という戯曲を書いた。第一幕は、「静謐」をほとんど利用しているのでまずまずだが、二幕、三幕は我ながら出来が良くない。最後に本当に老婆は悪魔を呼びだしてしまうところで幕となる。あまりに下手糞な喜劇だし、舞台装置が豪華でなければいけないので、まだどこでも上演されていない。

これらの他にも、自分でまだ許せると思う短篇は幾つかあるが、枚数の関係で収めることができなかった。

私は現在は長篇が主で、短篇を書くことはごく少ない。長篇の中で自らこれはと思うものは、「幽霊」「楡家の人びと」「酔いどれ船」などである。

昭和五十五年十一月十三日

北　杜夫

解説

リリシズムのギャップから

篠田一士

北杜夫の小説のなかから一作だけ挙げよといわれれば、これは、もう文句なしに『楡家の人びと』ということになるが、いうまでもなく、この作品は本格的な長篇小説である。長篇小説が小説の本道をゆくものであることは、あらためて念をおすまでもないものの、長篇小説のなかに小説ジャンルの美果のすべてがあらわになるわけではない。

そして、ここに短篇小説家としての北杜夫の存在理由がくっきり浮かびあがってくる。北氏が多芸の文学者であることは、すでに天下周知の事実だが、話を小説にかぎってみた場合、長篇小説はもちろん、『夜と霧の隅で』のような中篇小説、そして、本集に、その代表作十篇をあつめた短篇小説と、それぞれ、みごとに書きわけるだけの多才の持主であり、しかも、三部門のいずれにもわたって、再読、三読に値する、すぐれた作品を書いているのは、驚嘆すべき事柄である。

つまり、一口でいえば、小説家としての北杜夫は、形式感覚がきわめて鋭く、豊かな作家ということになるが、このことは、北杜夫の文学成果を考える場合、これまで、案外と指摘されていない。もっとも北氏自身にも多少の責任がないわけではなく、めったと文学論めいたことは口にしない氏が、まれにおのれの文学信条を披瀝するときには、きまって、トーマス・マンの『ブデンブローク家の人びと』がわが最上の小説などと言うから、ついつい、きく方は氏の短篇小説群が、『楡家の人びと』の添え物であるかのように錯覚してしまう。そういえば、マンも、また、長篇、中篇、短篇と、それぞれの分野に、傑作というべき作品をいくつも書いたひとだったが、自作については、おおむね長篇小説を話題にするのがつねだった。彼の短篇、あるいは、中篇を愛読し、それを手がかりにしてマン文学にわけ入った読者を戸惑わすことがしばしばだが、もしかしたら、これも、また、マンにあやかる北氏の悪戯《いたずら》っぽい韜晦《とうかい》趣味かもしれない。

だが、北氏の内心の思惑はともかく、実際、われわれが作品に即してみたとき、北杜夫が短篇小説を長篇小説と同じように大切にし、その形式特有のありようについて、くわしく思いめぐらし、いかにすれば、短篇小説の機能を最高度に発揮しながら、同時に、氏の胸中に抱懐する、さまざまな想いを作品の主題として文学的に収斂し、昇華しうるかに心をくだいていることが、よくわかる。そしてまた、そのことを、作品のみごとな成果がわれわれに納得させてくれるのである。もっとも、こういうことを、事々しく言い立てるのは、折角無心な境地で、これまで北氏の短篇小説のあれこれを読みふけり、楽しんできたひとたち、とくに若い読者に、ことさら面倒な事柄を考えさせることになって、かえって興ざめの蛇足を強いることになるかもしれない。しかし、野暮ついでに言ってしまえば、北杜夫は、今日の日本文学を支える、重要、いや、不可欠の作家で、このひとがいなければ、われわれが現在持っている文学の富のある部分は確実に失われることになるのである。ぼくなどには、おおよその見通しさえつかないくらい広範囲におよんでいる北杜夫の愛読者のなかに、日本文学の現状いかんを考えながら、北氏の作品をつぎつぎと読みふけるひとが、はたしてどれだけいるかと思いめぐらした場合、おそらく、これといった芳しい予想を立てることはできないだろうが、それはそれでかまわない。あえて、いまここで、これまで北氏の小説類を無心によろこんできた読者を責めるつもりは、ぼくにはまったくない。このことを何度でも念をおしたうえで、北杜夫の短篇小説について、多少は文学論風のことを考えてみようという読者のために、ここに、解説の名を借りて、なにがしか手がかりになるかもしれない文字を書きつらねてみるが、作品だけで十分満足というひとは、もちろん、これを無用にして下すってかまわない。これも、というより、むしろ、その方が小説読書法としては真当だといっていいのである。

とりわけ、北杜夫の小説は、なににかぎらず、どの作品を読んでも、文意明快、きわめてリーダブルである。言葉に従って文章を追えば、なにひとつ思いわずらうことなく、そこには、あざやかなイメージがえがかれ、情景が写しだされ、さらに、事件がおのずと進行し、物語の糸がさやかに紡ぎだされてゆく。つまり、読めばわかるというのは、まさに北杜夫の小説のためにあるようだが、こうしたリーダビリティーは、実をいうと、作者の天稟もさることながら、並大抵でない苦心の結果生まれたものなのである。かぎられた紙数のなかで、その筋道をたどることは無理な話だが、日本の近代小説は、半世紀にわたる「私小説」の横行とともに、作者そのひとの唯我独尊的な筆づかいによって、小説本来が持っている話術の効用をすっかり忘れてしまった。話術は、もともと、きくひと、すなわち、読者が知らないことを、あたかも手にとるようにわかりやすく、しかも、おもしろくきかせ、読ませるためのもので、ここに、小説がリーダブルでなければならない必然性が生まれてくるのである。こうしたリーダビリティーを日本の小説が回復したのは、つい最近のことで、北杜夫が、その名誉ある功労者たちの先頭に立つ作家であることはいうまでもない。

ここに収められた十篇の短篇小説は、一九五六年から六八年にいたる十三年間に書かれたものである。その後も、現在にいたるまで北杜夫の作家活動はさかんに行われているが、短篇小説は、ほとんど書かれていない。従って、将来のことはいざ知らず、本短篇集は、さしあたって、短篇小説家としての北杜夫の全文業のエセンスを抜きだしたものだといっていいようである。

この小文を書くために、あらためて十篇の短篇小説を読みかえしてみたが、さすがえらびぬかれたものだけに、どれもこれもよくできている。そのうえで、ぼく自身の好みをいえば、『谿間にて』が一番好きだ。まず構成がしっかりしている。語り手が昔の失敗譚を「私」にきかせるという、いわゆる枠入小説の形式をとっているのが、話術の安定性を確保していて、そこで語られる昔話が、どんなに珍奇な内容をもっていようとも、われわれ読者は、きき手の「私」とともに、その話を荒唐無稽のつくり話とは思わず、ついつい相手の話術にひきずりこまれてゆく。しかし、この物語が、枠のなかに安住して、勝手な自転運動をしているかというと、決してそうではない。むしろ、そうと思える瞬間に、物語は折角の枠をこわし、話術の安定した自転力を失速させ、われわれのまえに、荒涼たる現実世界のうらがれた局目を生々しく白日の下に曝しだす。

「一羽の鳳蝶が翅をひろげて上空を滑走している。広い特有な尾状突起があきらかに見え、上昇気流にのってふわりと昇ってゆくと、もう一羽のこれもフトオアゲハが後を追ってゆく。上体を起そうとすると、それは平凡なワタナベアゲハの姿になった。彼はまた草むらに横になった。そうしてじっとしていると、苦痛はけだるさの中へ溶けこんだ。もやもやした影が何回も訪れ、彼はそれと現実とを区別する努力をあきらめた。そうだ、フトオアゲハなどは初めから存在しなかったのだ。すべては錯覚と幻影なのだ」

物語の主筋はフトオアゲハという珍蝶を台湾の山中で追っかける話だが、いま引用したくだりは、蝶さがしの語り手が、目ざす蝶に出会えず、精も魂も疲れはてたときの様子を、語り手自身の言葉でなく、「私」の話術に書き直した部分である。錯覚であれ、幻影であれ、ともかく、これは唱うようなリリシズムにみちあふれた美しい光景である。つい、読者の方もうっとりしそうだが、実は、このとき、われわれの心の隅には、ほんのこっそりではあるが、語り手の物語がなにかウサンクサイものではないかという疑惑の種をまかれていることを、半ば意識する。結局、語り手の物語は、この珍蝶をとらえたものの、その蝶は一夜にしてゴキブリに食い殺されたために、実物はないということで終わり、舞台は、ふたたび、冒頭の戦後まもない、荒れはてた上高地へ移るが、やはり、「私」同様、われわれ読者は、この語り手の物語を彼の白日夢のなせるわざと、徐々に確信づけられていく。いや、それだけではない。「私」自身が、この不思議な男に会ったという枠の話さえも、「私」のはかない白日夢ではなかったかと、疑惑は二重になる。

それにして、なんと美しい白日夢であることか——、「私」の白日夢がゆっくりまわる外円のなかに、蝶さがしの白日夢の内円がせわしげに回転するさまは、まさしく美的恍惚の名にふさわしい経験を喚起するが、このふたつの同心円の、ほんのちょっとしたギャップから、酷薄な現実世界の日常性がふと顔を見せ、次第に、われわれのまえに立ちはだかってくる。思えば、初期短篇のどれにも、北氏ならではの美しいリリシズムの唱声がきこえるが、その音楽が一瞬、中断、いや休止したとき、そこには、無表情で、無気味な日常性の世界が、くすんだ灰々の顔をのぞかすのである。やはり、北杜夫は詩を書くことを断念して、小説の筆をとるしかなかったのである。

この『谿間にて』のあとで、一番新しい『黄いろい船』を読んでみてほしい。ここでは、なんの面白味もない日常性のなかに、否応なく身をおいた中年男が、手すさびでもするように、おのが夢を追っている。その夢の純潔さゆえに、ぼくはこの短篇小説を、あえてメールヘンとよびたい。大人のために、大人が書いたメールヘン。北杜夫の内部に棲む詩人は、依然として健在である。

昭和五十五年十二月十六日

（しのだ・はじめ　文芸評論家）

（『北杜夫自選短篇集』より再録）

巻末エッセイ

ここから始まった

今野　敏

北杜夫作品と出会っていなければ、私は小説家にはなっていなかっただろう。

これは決して大げさな言い方ではなく、本当にそうなのだ。

北杜夫作品に初めて触れたのは、中学一年のときだった。友人のIが、誕生日のプレゼント（だったと思う）に、『幽霊』をくれたのだ。さっそく読みはじめたが、なにせ中学一年にはハードルが高い。

なおかつ私はその頃、文学少年とは程遠く、あまり本など読んだことがなかった。小学生の頃から、漫画が大好きだったのだ。幼い頃は、父が職場から持ち帰るわら半紙のプリントの裏などに、鉛筆で絵を描くのが何よりの楽しみだった。

父は公立高校の教師だったので、わが家にはいらなくなった紙が豊富にあったのだ。小学四年生くらいになると、コマ割りをしてストーリーのある漫画を描きはじめた。五、六年生になると、クラスメイトに描いたものを見せたりしていた。

当時の私のアイドルは、手塚治虫《てづかおさむ》をはじめとする漫画家の先生たちだ。大人気作家の石ノ森章太郎《いしのもりしょうたろう》が又従兄弟《またいとこ》だと知ったのは、小学校の三年生のときだったろうか。まさに有頂天になった。その影響もあって、小学生の頃の私は漫画家になりたいと、強く思っていた。

そんな少年が『幽霊』だ。とても歯が立たない。冒頭の部分を何度も読み返したのを覚えている。おかげで、そのあたりの何行かを半ば暗記してしまっている。

それでも投げ出さなかったのは、仲のよかった友人Iがくれた本だからであり、またその時代、読書というのはそういうものだと教育されていたからだと思う。

私が少年の頃、少し年上の人たちはこぞって難しい本を読んでいたように思う。いや、実際にそうだったわけではなく、私がそう思い込んでいただけかもしれないが……。

そうした雰囲気が、学生運動の隆盛と無関係ではないように思える。六〇年代から七〇年代にかけて、若者たちは難しい本や難解な文章が並ぶ雑誌を読みあさった。イデオローグに憧れていたのだ。そんな時代の萌芽が、私の中学時代にあった気がする。

私が『幽霊』を放り出さなかった理由は、そういう状況のせいだけではない。もちろん、作品が魅力的だったからだ。

ちゃんと理解はできないまでも、その独特のボキャブラリーに少年の私は魅了されていったのだ。

単語一つ一つが、つやつやとした光を放ち、透明で冷ややかなガラス細工のように感じられる。私はまず、その独特の語彙《ごい》に惹かれた。憂鬱《ゆううつ》さやものうげな雰囲気、病気の重苦しささえも、美しいものに変えられてしまう。まるで、魔法のようだった。

中学三年のときに、私はそれまで住んでいた岩見沢《いわみざわ》という道央《どうおう》の町から、檜山郡《ひやまぐん》の江差町《えさしちょう》という道南の小さな町に引っ越した。地図で見るとわかるが、これはかなりな距離で、私は転校しなければならず、友人Iとも離れてしまうことになる。

この頃にはすでに『どくとるマンボウ航海記』を読み、すっかり北杜夫にはまっていた私は、他の「どくとるマンボウシリーズ」をはじめ、『星のない街路』『黄いろい船』『白きたおやかな峰』などを〝固め読み〟する。

そして、北作品が持つ独特のたたずまいに、すっかり夢中になってしまうのだ。その独自性は、やはり北杜夫が医師であり小説家だということに由来するのだろう。医師も小説家も、当時の私にとってはある特別な世界に生きる人たちだった。思えば、憧れの手塚治虫も医師の資格を持っていた。

そして、友人Iの父も医師であり、地域を代表する詩人でもあった。I自身が、北杜夫と同質の特別な存在の近くにいたのだ。ちなみにIは今、盛岡で歯科医をやっている。

若い頃私は、特定の作家を集中的に読んだ。そうした読書習慣は、間違いなく北杜夫作品から始まったのだ。

そして、この固め読みの習慣が、作家になるためにとても重要だったと、今実感している。

北杜夫に憧れた中学時代の私は、大学ノートに、小説のまね事のような文章を書いたりした。今でもそのノートが残っており、読み返してみると、有り体《ありてい》に言って北杜夫のものまねでしかない。

しかし、何篇かの物語を、ちゃんと最後まで書いたのは、我ながら立派だと思う。小学生の頃は、暇があれば漫画のストーリーを考えていた。それはほとんど妄想癖に近かった。

それが、この時期に漫画から文章へ置き換わったということなのだと思う。まあ、実際にはそんなに単純ではなく、漫画への思いはずっと続いていたし、ちゃんとした小説を書きはじめたわけでもない。

高校・大学と進むにつれ、将来の職業という問題はかなり現実味を帯びてくる。漫画家や小説家など、夢のまた夢だと思っていた。そこそこ英語ができたので、漠然と語学の仕事に就こうか、などと考えていた。

それでも、何かを創作したいという思いは胸の奥でくすぶっていたようだ。それは幼い頃の漫画に対する思いであり、北杜夫作品に出会って以来の、小説への思いだった。

この短篇集を読んでみて、とてもなつかしく、なおかつ今でも新鮮に感じた。言葉の魅力というのは決して衰えないのだ。

流行歌を聴くと、それが流行った当時のことをありありと思い出すように、北杜夫作品の語り口に、中学生時代の情景を思い出した。

その風景の中にいる今野少年に、「君は将来小説家になるんだよ」と教えてあげたい。そう思った。

二〇二一年七月

（こんの・びん　小説家）

初出一覧

「岩尾根にて」近代文学（昭和三十一年一月号）
「羽蟻のいる丘」近代文学（昭和三十一年三月号）
「河口にて」文学界（昭和三十五年九月号）
「星のない街路」近代文学（昭和三十三年九月号）
「谿間にて」新潮（昭和三十四年二月号）
「不倫」近代文学（昭和三十三年十一月号）
「死」世界（昭和三十九年三月号）
「黄いろい船」新潮（昭和四十三年四月号）
「おたまじゃくし」文学界（昭和四十三年四月号）
※昭和二十六年初稿、四十三年改稿
「静謐」別冊文藝春秋（昭和四十一年新春号）

編集付記

一、本書は『北杜夫自選短篇集』（読売新聞社、一九八一年刊）を底本とし、改題したものである。『北杜夫全集』（新潮社刊）等を参照しつつ、明らかな誤植と思われる箇所は訂正し、難読と思われる語には新たにルビを付した。

一、本文中には今日の人権意識に照らして不適切と思われる表現があるが、作品の時代背景および著者が故人であることを考慮し、底本のままとした。

中公文庫

静《せい》 謐《ひつ》
——北《きた》杜《もり》夫《お》自《じ》選《せん》短《たん》篇《ぺん》集《しゅう》

2021年8月25日　初版発行

著　者　北《きた》　杜《もり》　夫《お》

発行者　松田陽三

発行所　中央公論新社
〒100-8152　東京都千代田区大手町1-7-1
電話　販売　03-5299-1730　編集　03-5299-1890
URL http://www.chuko.co.jp/

ＤＴＰ　嵐下英治
印　刷　三晃印刷
製　本　小泉製本

Published by CHUOKORON-SHINSHA, INC.
Printed in Japan　ISBN978-4-12-207093-6 C1193

中公文庫既刊より

各書目の下段の数字はISBNコードです。978－4－12が省略してあります。

き-6-3
どくとるマンボウ航海記
北杜夫
たった六〇〇トンの調査船に乗りこんだ若き精神科医の珍無類の航海記。北杜夫の名を一躍高めたマンボウ・シリーズ第一作。〈解説〉なだいなだ
200056-8

き-6-16
どくとるマンボウ途中下車
北杜夫
旅好きというわけではないのに、旅好きとの誤解からマンボウ氏は旅立つ。そして旅先では必ず何かが起こるのだ。虚実ないまぜ、笑いうずまく快旅行記。
205628-2

つ-3-30
完全版 若き日と文学と
辻邦生
北杜夫
青春の日の出会いから敬愛する作家、自作まで。親友の二人が闊達に語り合う。ロングセラーを増補、全対談を網羅した完全版。〈巻末エッセイ〉辻佐保子
206752-3

た-13-6
ニセ札つかいの手記 武田泰淳異色短篇集
武田泰淳
表題作のほか「白昼の通り魔」「空間の犯罪」など、独特のユーモアと視覚に支えられた七作を収録。戦後文学の旗手、再発見につながる短篇集。
205683-1

た-13-7
淫女と豪傑 武田泰淳中国小説集
武田泰淳
中国古典への耽溺、大陸風景への深い愛着から生まれた、血と官能に満ちた淫女・豪傑の物語。評論一篇を含む九作を収録。〈解説〉高崎俊夫
205744-9

ち-8-1
教科書名短篇 人間の情景
中央公論新社 編
司馬遼太郎、山本周五郎から遠藤周作、吉村昭まで。人間の生き様を描いた歴史・時代小説を中心に中学教科書から厳選。感涙の12篇。文庫オリジナル。
206246-7

ち-8-2
教科書名短篇 少年時代
中央公論新社 編
ヘッセ、永井龍男から山川方夫、三浦哲郎まで。少年期の苦く切ない記憶、淡い恋情を描いた佳篇を中学教科書から精選。珠玉の12篇。文庫オリジナル。
206247-4

各書目の下段の数字はISBNコードです。978-4-12が省略してあります。

よ-13-13
少女架刑　吉村昭自選初期短篇集Ⅰ　吉村　昭
歴史小説で知られる著者の文学的原点を示す初期作品集（全二巻）。「鉄橋」「星と葬礼」等一九五二年から六〇年までの七編とエッセイ「遠い道程」を収録。
206654-0

よ-13-14
透明標本　吉村昭自選初期短篇集Ⅱ　吉村　昭
死の影が色濃い初期作品から芥川賞候補となった表題作、太宰治賞受賞作「星への旅」ほか一九六一年から六六年の七編を収める。〈解説〉荒川洋治
206655-7

よ-13-15
冬の道　吉村昭自選中期短篇集　吉村　昭　池上冬樹 編
透徹した視線、研ぎ澄まされた文体。『戦艦武蔵』以降、昭和後期までの「中期」に書かれた作品群から、吉村文学の結晶たる十篇を収録。〈編者解説〉池上冬樹
207052-3

よ-13-16
花　火　吉村昭後期短篇集　吉村　昭　池上冬樹 編
生と死を見つめ続けた静謐な目は、その晩年に何をとらえたか。昭和後期から平成十八年までに著された、遺作「死顔」を含む十六篇。〈編者解説〉池上冬樹
207072-1

よ-17-14
吉行淳之介娼婦小説集成　吉行淳之介
赤線地帯の疲労が心と身体に降り積もり、街から抜け出せなくなる繊細な神経の女たち。「赤線の娼婦」を描いた全十篇に自作に関するエッセイを加えた決定版。
205969-6

こ-40-24
新装版 触　発　警視庁捜査一課・碓氷弘一1　今　野　敏
朝八時、霞ヶ関駅で爆弾テロが発生、死傷者三百名を超える大惨事に！　内閣危機管理対策室は、捜査本部に一人の男を送り込んだ。「碓氷弘一」シリーズ第一弾、新装改版。
206254-2

こ-40-25
新装版 アキハバラ　警視庁捜査一課・碓氷弘一2　今　野　敏
秋葉原を舞台にオタク、警視庁、マフィア、中近東のスパイまでが入り乱れるアクション&パニック小説。「碓氷弘一」シリーズ第二弾、待望の新装改版！
206255-9

こ-40-26
新装版 パラレル　警視庁捜査一課・碓氷弘一3　今　野　敏
首都圏内で非行少年が次々に殺された。いずれの犯行も瞬時に行われ、被害者は三人組で、外傷は全くないという共通項が。「碓氷弘一」シリーズ第三弾、待望の新装改版。
206256-6